꼬리를 문 뱀

Le Serpent qui Mord la Queue

이민경

봄알람
baume à l'âme

En beauté je chanterai mes amantes

차례

맑은 눈동자 두 개만을
굴리기 위해

세 가지가 얽혀 만들어지는
환상의 모양을 프랑스에서는
'제 꼬리를 문 뱀le serpent qui
se mord la queue'이라 부른다.
나의 가설이 그리는 모양은
서로를 잠그면서 만들어내는
단단한 원.

프랑스어를 배워야겠어.
중간에 잡힌다면 잠자코 물
아래로 끌어내려지겠지만
출구만 나간다면 아주 멀리
갈 수 있다. 밤도 아침도 아닌
시간에, 사지가 퇴화된 두
마리 동물처럼.

샤틀레 역에서 방금 살해당할
뻔했다.

계급위반자.
좀도둑.
걸맞지 않은 지위를
무려 즐기고 있는 자.

대화는 사뿐하게 날아오른다.
그렇게 노는 해를 대충 사십
번쯤 하면 삶이 끝난다.
의심을 감소하고 확신을
늘린다. 나의 집chez moi에서.

이야기를 만들면 항상 끝이 어떨지를 생각해야 해요Il faut toujours penser à la chute, 하고 어학원 수업에서 즉흥극을 가르쳤던 선생님은 말했다. 이 문장을 떠올리면 머릿속에서는 언제나 공중에서 펼쳐지는 낙하산parachute이 곡선을 그린다. 처음에는 지근지근 제자리걸음, 삼, 사 번 단어의 강한 소리를 지금은 지금뿐이라는 마음으로 절박하게 터뜨리면, 팡 하고 펼쳐져 뱅글 도는 동안 도려낸 장면을 안고 마지막 단어에서 안도의 한숨을 따라 말갛게 착지. 산맥과 웅덩이를 만들며 온갖 것이 흐르는 컴컴한 강cavité, 길voie, 선corde을 지나, 난관에 봉착하고 충돌하는 동안에는 그저 덩어리진 물질이기만 하다가, 목젖을 건드리고 입술과 혀에 다다라 형체를 갖추면서 정교한 소리를 내는 일에서라면 나는 몸을 되도록 길게 쓰고 싶었다. 이야기는 배 아래에 있다.

갑자기 온 파리의 친구 집에서 약 스무 번 눈을 떴다.
그 집 천장에는 빨간 글씨로 눈을 뜬 시각이 새겨 있다.
침대 헤드에 놓인 작은 디지털시계가 천장을 향해
쏘아지기 때문이다. 번쩍, 하면 네 시, 그러면 질끈, 하고
다섯 시 반, 일 번과 이 번을 왕복하다가 깜빡, 하면
열한 시. 아무도 나를 깨우지 않으므로 열두 시가 되기
직전쯤 마지못해 일어나는데, 그러던 중 한 번은 눈을
뜨자마자 침대에서 내려와 욕실로 돌아 스위치를 켜고
거울 앞으로 직행해 눈동자의 맑기를 체크하는 하루가
이루어졌다. 머리나 옷과는 달리 매무새를 만질 수 없기
때문에 확인하되 받아들여야 한다. 이렇게 주어지는

날에는 맑기와 밝기, 탁도와 명도의 차이를 가지고 한
시간쯤 일기에 붙들려야만 계획했던 일정으로 이동할
수 있다. 나는 가장 깊은 곳의 충동이고 싶다, 까지 쓴
뒤에. 일기라는 건 쓸모가 없다. 쓴 것을 가치 없는 글로
곧장 격하시킬 때 편리한 단어일 정도로. 그러나 그렇게
붙잡히는 하루는 스무 번의 시도 중 비로소 건진 한
번으로 남는다. 가치로 환산 불가능한 한 번의 순간.
일기장을 들춰 보면 2년 전 비슷한 날에는 "피부의
겉면을 느끼지 않고 그것의 말라감을 가만두지 않고
눈동자 두 개만 굴리기 위해↵
강릉으로 간다"고 적어두었다.
　　나의 머리카락은 아주 새카맣지만 사실 눈동자는 엷은
밤색이다. 다만 유독 검게 기억될 때가 있을 뿐이다.
이것은 언제 진해지나?

내게는 절도에 대한 욕망이 있다. 대형 마트에서 한
공간에 있는 모든 사람의 눈을 따돌리고 소맷자락에 아기
당근을 하나 넣고 빠져나오는 데 성공하는 몸짓이 흡사
엄마, 나는 날아요, 하며 노래하는 소녀의 비상과도 같은
눈부신 해방감……을 주는 게 아니고, 정확한 규칙règle
말이다. 정시 출근은커녕 서른 넘어까지 어디에도
직원으로 출근한 적 없고, 바른 자세 혹은 깔끔한
매무새와는 하루도 가깝게 지내지 않았다는 점에서
스스로도 의아한 문장이다. 하지만 아마도 내적으로
빈틈이 없고 싶은, 박자에 맞아떨어지고자 하는 마음에
가까울 것이다.[나는 수면이나 식사는 아무렇게나

하지만 생리만은 칼 같은데, 프랑스어로 생리를
règles이라 한다는 사실은 속으로 셈을 하면서 따르려는
박자가 몸 밖에 있는 게 아니라는 추론을 가능케 한다.]

　속으로 박자를 정확히 계산해서 얻을 수 있는 건
폭발이다. 밀착하고 마찰해서 터뜨려야 할 대상과 시간,
지점을 직접 계산/해결하면régler 만족감을 얻을 수 있다.
살면서 해왔던 모든 행위의 목적이 여기서 멀지 않았다.
폭발을 위해서는 붕 날았다가 한 점 위에 안착해야
하는데, 비상과 절도가 동음이의어vol라는 우연을
비노라면 규칙과 비행은 운 좋게 겹쳐진다. 여기에
비행이 절도와 비상으로 이어성을 만들어내는 단어라는
사실까지 더해버리면 이 우연이 과하게 여겨져 말할까
말까 주저하게 된다. 어쩔 수 없는 일이다. 집에서 만든
음식에 하는 최고의 칭찬은 '팔아도 되겠다'고 식당에서
먹는 음식이 너무 맛있으면 '파는 음식 같지 않다'고 하게
되는 것처럼, 너무 잘 만든 소설의 인물에게는 어딘가에
살아 있을 거라 응원하고 싶고 가장 생생한 삶의 순간은
소설 같기 때문에. 믿을 수밖에 없으면 사기 같고 믿음
줄 수 없는 사람의 행동은 그럼 그렇지, 하며 믿게 되는
와중에 고민하지 않기는 어렵다. 평균적으로 일 년을
공부해야 붙는 시험을 어떤 곳에서는 오 개월 만에,
언젠가 한 번은 십 주 만에 통과시켰다고 알리면 사기성

홍보라는 혐의를 얻게 된다. 현실적으로 불가능함, 하고 쐐기를 박아도 무방할 만큼. 믿고 싶은 것이 곧 사실 아님을 의미할 때 존재감이 너무 뚜렷해서 존재하지 않은 취급을 받고, 분명하고 신기한 순간이 이어지면 결국 연속을 이유로 단절당하는 일은 자주 있다. 또렷한 무언가에 대해 방금 그게 뭐였지? 한 번 더 해보자, 하고 달려드는 대신 한 발 빼고 속임수가 있겠지, 하고 설명을 만들어내는 선택은 합리적이다. 어서 발을 빼지 않으면 누구나 간파한 수를 읽지 못한 순진한 사람 취급을 받을 테고 그러면…… 기분이 좋지 않을 테니까. 기분은 중요하다. 그래서 주저하던 문장을 슬쩍 집어넣고 비행이라는 단어에 대하여 발견한 전부를 말하고 말았다. 뚜렷함을 더할 수 있으면 기분이 좋아지니까. 좋은 걸 계속 추구하는 대신 약간은 덜 좋아야 할 거라고 믿는 임의의 마음은 그래서 여러모로 나를 방해한다. "평생을 비일상 속에서 살고 싶다." 눈동자를 체크하게 된 날에는 일기에 이렇게도 적었다.

　박자를 지켜 터뜨릴 수 있었던 건 다양하다. 처음에는 내 숨이었고 자라면서는 대체로 시험 점수였다. 어느 시점 이후로 그 대상은 기하급수적으로 늘었다. 아는 단어의 개수, 여자들의 발화, 프로젝트 모금액, 임신중지 불법화, 나중에는 상대의 숨이었다. 폭발은 나 혹은

타인에게 기쁨을 주거나 개개의 개체를 덩어리로
연결했다. 갑갑하던 물질이 쌓였던 통로를 깨끗하게
청소해서 막혔던 길을 하나로 트거나, 지금의 나를
어제와 깔끔하게 분리해준다.

　그래서, 라고 잇고 싶지는 않고, 그런 나는 어릴 적
줄자를 가지고 놀곤 했다. 찰칵, 하고 줄자를 감는 버튼을
누르면 손가락을 베이지 않을까 두려운 쇳소리가 난다.
라이터로 불을 켜려 들면 손가락이 타버릴 것만 같아
우려해야 하는 끔찍한 기분이—그래서 아직도 혼자서는
라이터를 켜지 못한다—목표를 향해 공중을 달리는
속도감 앞에서도 든다. 시작점에 거는 은색 대가리를
꼿꼿하게 버틴 줄자는 대가리의 무게를 감당 못 할 만큼
긴 거리에서는 힘없이 휘어진다. 그러나 손을 떼지만
않으면 아무리 멀리 간 선이라도 제자리로 감겨든다.
무서움에도 불구하고, 어쩌면 그 무서움 때문에 줄자를
짧게 혹은 길게 뺐다가 버튼을 끝까지 누르면서 놀았다.

　다른 욕망도 하나 있다. 아무리 정교한 계산이라도
무용하게 만드는, 끊기지 않는 움직임이 일어나기를
원하는 마음이다. 지금은 보지 않는, 그러나 그 영험함이
두고두고 회자되는 친구는 말했다. "언니는 원치 않아도
웅크려야 하고 어떨 때에는 싫어도 짖어야 해요, 개처럼.
팔자가 그래요."

난데없이 시작되는 움직임. 출발 신호를 충실히 따라가는 끝에는 늘 좋은 일이 있었다. 갑갑함을 참고 쌓인 껍질을 한 번에 벗어내면 물기 어린 얼굴로 새 숨을 들이쉬는 순간이 기다리고 있었다. 신호가 들리지 않으면 자욱한 공기를 들이마시더라도 멈춰 있는 편이 나았다. 일이 틀어질 게 보여도 움직일 수 없었고, 멈출 수도 없었다. 아무리 성과가 좋아도 움직이지 못하면 짜증이 파랗게 치솟았고 그저 같은 침대에서 자고 일어나는 이틀 사이에도 신호가 들리면 해사하게 웃을 수 있었다. 출발. 이불을 살짝 걷고 바닥으로 내려간다. 문 틈새를 그대로 빠져나간다. 내가 깰세라.

끝을 좇아 앞으로 가는 동안에는 무엇을 건드리고 망가뜨리는지 철저히 무관심하고 싶었다. 풀어놓아 축축하게 미끄러질 풀숲의 흙바닥을 찾느라 종종거리는 일이 이미 괴로웠는데 반짝 눈을 뜬 순간에서조차 더 막히고 싶지는 않았다. 땅 위에 세로로 세워진 철조망, 신호등, 진입 금지 같은 푯말. 누가 누구와 했는지 그 시작을 알 수 없는 약속들과 나는 무관했으니 법이니 규범이니 하는 더 굵고 커다란 구획들도 철저히 비껴 나가고만 싶었다. 그러나 약속을 귓등으로 듣는 성미에도 예외는 있었는데, 사람을 만나 내가 나를 비끄러맬 법전을 찾았다고 여겨 거기 나를 걸 때였다.

[사람을 법전이라고 말하는 일이 무리라고 여겨질지는
몰라도 '너희는 코드가 맞아' 하는 일반적인 외래어로는
더없이 가볍게 팔랑거리는 그 단어들이 규율이라는
단어의 외피를 입고 거룩해졌을 뿐이다. 코드와 규율은
같은 단어codes다.]

　길은 주로 사람들 사이에 나 있었다. 사람과 사람,
눈과 눈, 겉과 속, 관계를 못처럼 고정하는 정의와
정의 사이. 그래서인지 안타깝게도 나의 이 욕망은
난잡함이라 불리기도 했다. 그럴 때에는 빈틈없고 싶은
마음과 난잡함을 바라는 마음 가운데 하나는 거짓말로
보였다. 그러나 모든 난잡함의 발로가 정확함은
아닐지라도 정확하게 보려고 들면 뭐든 난잡해진다고
주장하고 싶다. 빛날 난과 어지러울 난은 동음이의어다.
빛나는 것은 어지럽다.

　작가로 얼굴을 드러낸 지[또 한 번 움직임이
시작되었다는 점에서 여느 때와 같지만 구 일 동안 쉬지
않고 글을 쓰고 고개를 든 순간에 대한 묘사로서는
통상적인 표현에 무리 없이 녹아든다] 한참 지나
알게 된 바로, 나의 난잡함은 어딘가에서는 때로
성적인 문란함으로 확대 해석되며 다양한 상상을
낳았다고 했다. 처음에는 어떻게 그렇게 연결될 수
있는지 경악했지만 더 살고 보니 당연한 수순이었다.

이제부터 매일같이 영어를 가르쳐야겠다 싶어 만든
텍스트가 장미는 장미는 장미는 장미다, 하는 영시[1]를
내밀며 해석을 도와줄 수 있어요? 했던 여자와의
기억에서 출발하기 때문일 것이다. 그리고 그 행을
너의 젖은 장미 동굴, 하는 레즈비언 시인의 구절[2]과
섞였기 때문일 것이다. 단 하루 수업을 위해서 만든 이
짧막한 텍스트에서 굳이 주목할 만큼 흥미로운 점이
있다면 그다음이 우리는 빵뿐 아니라 장미도 원한다,
로 이어진다는 데 있었겠지만 그걸 함께 읽던 여자와
갑작스레 눈이 맞은 것도 사실이었다. 앞선 여자에게는
영시를 해석해주지는 못했지만 그에게 언젠가 '장미가
피처럼 붉었다'로 끝내고 싶은 글이 있었다는 편지를
보낸 적이 있다. 영어를 가르치다 눈이 맞은 여자와 살던
집의 맞은편, 서울시 마포구라면 어디에나 있는 붉은
벽돌집 담벼락에 피었던 장미처럼.

　　추론의 수순을 조금 더 이해하긴 했지만 비규범이
곧장 문란함[낮잡는 뉘앙스가 들어간]의 동의어가 될
수 있는지는 여전히 모르겠다. 하지만 폭발을 통해
구분을 흩뜨리거나 기존의 구분을 마음껏 무시하고
싶은 충동이 들면 걷다가도 문득 promiscuité(혼재)라는
단어를 웅얼거린다. 이 한 단어가 한국어로는 뒤섞임,
난잡함, 문란함이라는 단어로 분화되어 나간다는

점을 생각해보면 그럴 수도 있겠다.[파리 서쪽에 있는 불로뉴boulogne 숲에 들어서자마자 깨달은 사실: 아마도 내가 반박하고 싶은 마음은 비난을 피하고자 하는 게 아니라 문란함이 곧장 음란함으로 통한다는 데 있었나 보다. 나의 것은 굳이 묘사해보자면 양란陽亂함에 가깝다. 습기를 머금은 흙바닥보다는 그 위에다 혼란한 그물 무늬를 만드는 가을의 햇볕 같은. 가로세로로 네모반듯하게 그어진 선을 따돌리고 그 위에서 날듯이 지나가는 흐름, 미끄러짐glissement은 언제나 소망하는 목록의 가장 상위에 있다.]

　나는 계속 둘에 대해 이야기할 것이다. 정확한 규칙과 미끄러짐, 둘은 선택되어야 하는 하나를 위해 갈등을 유발하는 관계로 보이기 쉽다. 여성의 사적 세계에 존재할 수 있는 여성의 수처럼. 가게 소유인 게 분명하지만 인도를 반쯤 차지하고 튀어나온 파리의 둥그런 카페 테이블이 길바닥에 만들어내는 긴장. 여행지에서 이 구역 제일가는 식당에 들어가고 싶은 준비성과 오직 흐르는 마음을 이어가기 위해 아무 식당의 문을 열고 들어서고 싶은 즉흥성, 성당에서 연주하는 비발디의 사계와 동굴에서 듣는 재즈, 박완서가 언급한 집중과 해방, 세공품과 날것, 법칙과 우연, 모험과 집. 대립, 동일, 유사, 상보, 모순. 두 가지 욕망이든 마주 본 사람이 되었든 어딘가에 무엇이 둘 존재한다고 하면 사이를 규정하는 경향은 관습적이다. 나 역시 이 두 욕망이 적어도 내게는 전혀 모순되지 않았다고 말하기 위하여 서로가 서로를 보완했다는 설명을 끌어왔으나 귀가하는 사이 지워버렸다. 길모퉁이에 어쩐지 경쾌한 글씨로 데클릭 카페déclic café라는 이름의 카페가 서 있는 탓이다. 사실 둘은 통역사의 머릿속에서 데클릭déclic된 두 언어가 움직이는 모양에 더 가깝다.

데클릭은 들려오는 언어를 아주 약간의 시간 차를 두고 다른 언어로 내보내야 하는, 즉 하나의 머릿속에 동시에 두 언어를 담아야 하는 불쌍한 사람들이 자신에게 찾아와달라고 물 떠 놓고 비는 현상이다.[대학원에서 나를 가르친 교수님은 동시통역을 배운 첫날에 찾아왔다고 하고, 내 경우 효율 좋게도 졸업시험 날 하루 왔다가 갔다.] 그런고로 이 카페의 존재는 무척 기묘하게 다가온다. 데클릭, 은 딸깍, 하는 어감대로 각각의 언어를 처리하는 인지적 작업 때문에 체증을 빚는 통로를 위아래로 떨어뜨린다. 평면의 십자로에 한 차원을 더해 고가도로로 변형시킨다. 페인트로 붓질한 흰 십자가 통통하고 매끈하게 움직이는 것으로 뒤바뀐다. 서로에게 방해받지 않고 독자적으로, 원활히 순환하게 하는 그것이 찾아오면 둘은 머릿속에서 시시각각 각자의 움직임을 하면서 서로를 지나쳐 간다. 아늑한 굴에서 동거하는 두 마리 뱀처럼.

그런데 발음에서부터 반짝거리며 잇새를 흘러 나가던 단어glissement가 글리스멍이라는 음차를 거치면 정반대의 이미지를 불러낸다. 단어에 깃들었던 유유함은 길모퉁이에서 사각형의 자동차가 튀어나와 정강이를 들이받으면서 화들짝 하고 깨어진다. 안전하게 별도의 도로를 달리던 자동차들은 머리 위로 와르르 무너진다. 대학원에 입학하자마자 페미니즘에 정신이 팔려 불어를 잊은 지 한참 된 통역사의 머릿속처럼. 통역사가 되기를 준비하며 불어를 공부하는 한국인들 사이에서 이 단어는 특정한 은어로 쓰이기 때문이다. "전반적으로 괜찮았는데 글리스멍이 너무 많아요." 이 글리스멍은 의미를 빗맞음, 그러니 틀렸다는 뜻이다.

앞서의 욕망을 적중과 빗맞음이라고 번역한다면 둘은 확실한 모순 관계로 보일 수 있다. 그렇지만 딱 떨어지고 싶고 미끄러져 나가고 싶다는 별도의 두 갈래는 철자와 발음에서는 정확하되 문법은 오랫동안 엉망진창이었고 배운 지 17년 된 지금까지도 어느 정도는 나 몰라라 하는 나의 프랑스어로 고여 들기에 적절할 것이다.〔합류하면

폭발적이지만 날카롭지는 않은 흰 빛을 내는, 이 기다란
두 흐름의 출발점은 어디일까?]

기억에 남아 있는 가장 오랜 순간부터 나는 늘
여자들과 같이 살고 싶어했다, 로 시작하는 글을 쓴
적이 있다. 그런 나는 한편으로는 기억하는 제법 어린
나이부터 외국어를 배우고 싶어했다. 건드린 외국어는
제법 많다. 유치원생 때 햇빛이 따뜻하게 드는 반지하
방에서 엄마가 마분지에 보라색 색연필로 한 자 한
자 그려 가르쳐준 한자. 아홉 살 때 꾸벅꾸벅 졸면서
아침의 차가운 공기가 감도는 거실로 이불을 싸매고
나가[특이하게도 현관이 곧장 안방과 연결된 집이었다.
여자들과 살고 싶어했던 글에 대한 기억은 그 집 거실
창문에서 시작된다] 공기를 데우기 위하여 미리 틀어둔
주홍색 난로 옆에서 선생님의 확인 전화를 받으며
익힌 영어. 중학교 때 시작했는데 가타카나가 죽어도
안 외워져 관두고, 첫 책이 일본어로 출간되었을 즈음,
통번역대학원을 마치고 간 또 다른 대학원 동료에게
녹음해달라고 부탁해 "江南驛殺人事件を切っ掛けに本を
書きました。『私たちにはことばが必要だ』の著者です"
만 할 수 있는 일본어.[강남역 살인 사건을 계기로 책을
썼습니다. 『우리에겐 언어가 필요하다』의 저자입니다,
라는 뜻이다.] 1년이나, 무려 선생님이 정기적으로

방문하는 사교육으로 배웠지만 생일 축하합니다,
환영합니다 이외에 아무 발전이 없었던 중국어. 수능
점수를 잘 받을 수 있다고 해서 가볍게 택했지만 수능
직전 세 달간 모든 과목에 대한 도피처로 기능하며
결국 한 개 틀린, 그래서 목적에 잘 부합했던, 그러나
어째서인지 바따따(감자)라는 한 단어만 남아 있는
아랍어. 인도에서 두 달간 성교육을 하는 동안 안느, 무르
하면서 1에서 10까지 외우고 이리 와라, 저리 가라, 저걸
봐라, 알겠니, (밥 좀) 적당히 주세요, 정도 할 줄 알던
타밀어. 이민을 결심할 만큼 좋았던 호이안 여행 이후에
한국에서 도망가고 싶은 베트남 결혼 이주 여성들과
게스트하우스를 차리는 꿈을 꾸며 이틀 정도 배웠지만
외국인은 현지에 집을 사기 어렵다고 하기에 때려치운
베트남어. 2020년 여름 셰어하우스에 사는 동안 자신의
언니가 레즈비언이고 와이프와 결혼한 지 삼 년째라던
칠레 여자에게 배웠던 에스파냐어. 취미 학교라 이름
붙이고 반년 동안 일주일에 한 시간씩 배웠으나 엉성한
시를 쓸 줄만 알고 동사 암기에는 실패했다. 프랑스어는
사이에 있다.
    내가 프랑스어를 처음 배워야겠다고 생각한
날이 언제였더라? 하고, 에스파냐어를 배우던 그
셰어하우스에서 친구가 끓여준 라면을 먹다가

20   21

웅얼거렸던 그날과 정답 간에는 십오 년이라는 거대한
구렁이 같은 줄자가 놓여 있는 듯했다. 라, 하는 소리가
떨어지자마자 그것의 은색 대가리를 입수, 물 아래로
직진.

　피 한 방울 없이 깔끔하게 어제와 결별할 시각만을
손톱을 뜯으면서 기다리며 보냈던 시간. 너무 이르면
찢어지고 너무 늦으면 굳어지는 피부 아래에서 지루함을
달랠 폭발들. 부풀고, 화려하고, 그렇게까지 뜨거울 리
없을 텐데도 아주 뜨겁다고 여겨지는. 어두운 방 안에
다리를 기역 자로 벌리고 앉아 손만 바삐 움직이는
아이의 뒷모습. 첫 적발. 그렇게 어린애가 방에서 한참을
꼼짝 않고 있다가 나오더니 나를 보고 뭐라는지 알아?
'치워.' 제 몫의 폭발을 마친 아래로 우수수 떨어져
나가는 조각난 색종이. 가위질이 주는 뻐근한 압박감과
통증에서 풀려나 유유히 현장을 떠나는 아이의 발바닥에
붙은 한 조각. 임신 실패, 라는 단어를 처음 들었던 날의
쾌감. 아이 없는 폭발이 적중했다면야 응당 치워, 마땅할
흔적의 연속. 그리고 가끔 놓쳐 이불에 묻어버리는
생리혈 조각. 아이고, 애기가 생리를 핥아먹었어.
개들이 생리를 핥는 건 흔적을 감춰주기 위해서래요.
적이 냄새를 맡고 올까 봐 지켜주려고요. 맹렬하게
직진하면서 벗어왔던 껍질을 입고, 입고, 입는데 되레

몸피가 작고, 작고, 작아지다 도착한 여름방학의 다락방.

프랑스어를 배워야겠어. 호르몬의 (부)조화로 흰 밤을 보내던 중학생의 속에서 퍼뜩 대가리를 들고 어딘가를 바라보며 비명을 내지르던 그것을 식탁 위로 감아올릴 때, 기억에 깊이 드리웠던 사고의 줄자는 마치 낚싯줄 같기도 했다. 어떻게 끝날지 모르는 계산식을 적어 내려갈 방향과 답을 구하고 나면 시작되는 긴 역산은 모든 인간이 모든 문장을 만들면서 속으로 하는 산법règles이다. 십오 년을 이 초 동안 왕복한 그날 그 움직임을 복원하는 외에 이 이야기에 별다른 목적은 없다.

목적은 그 시간 안에서도 찾을 수 없다. 프랑스어를 배워야겠어. 왜? 배워야 하니까. 이 당위는 돈을 벌어야 하니까, 씻어야 하니까, 의 하니까보다는 섹스를 왜 하는데?에 대한 해야 하니까, 와 같다. 프랑스어를 배워 얻으려는 건 거기 있었다.〔내가 감각적인 쾌락을 낯모를, 혹은 알아도 모르는 것과 다름없거나 더 별로인 남자와의 섹스 대신에 뜬금없게도 외국어로 좋은 경우였더라는 게 얼마나 다행스러운 일이었는지는 이로부터 십오 년 뒤에야 알게 된다.〕나에게는 욕망이 곧 나의 당위이다. 그래서 이 해야 한다, 는 하고 싶다, 와 사실 구별될 수 없다.

그래서 그렇게 외친 거의 다음 날부터 배웠다.

하겠다고 한 건 해야 한다. 하고 싶으니까. 의지와 무관히
밤을 새게 되었던 날들 동안에. 서점에서 싱싱 프랑스어
첫걸음이라는 책을 한 권 사서. '밤을 샌다'는 불어로는
흰 밤을 보낸다passer une nuit blanche고 하는데, 오늘도
자기는 틀렸구나 싶어 다락방으로 올라가는 날에는
정말로 사방이 깨끗하게, 투명한 동시에 흰 빛으로
느껴졌다.[바깥을 보고 싶어, 멀리 나가, 구멍을 찾아,
하는 속삭임에 순응해 박자를 딱, 딱 맞춘 끝에 기다리던
것과 똑같은. 그래서인지 나에게 욕망은 언제까지고
이 흰 빛으로 기억된다.] 차가운 방바닥에 누운 나를
들어 올렸다가 놓았다가 하는 심박을 맞춘 리듬은
인간은 생각하는 갈대이다L'homme est un roseau pensant,
펜 하나une plume, 장미Rose, 하고 시디-롬으로부터 흘러
나와서, 그 소리는 동이 희게 튼 뒤 옥상 식물에 맺힌
이슬의 이미지와 분리할 수 없다.

  아주 덥구나!Quelle chaleur! 발음법을 익히기 위한
용도의 무작위 예문. 아무런 재미도 의미도 없는 문장과
단어들이 이토록 선명하게, 그 소리의 형태를 도무지 잊을
수 없이 영원히 몸속에 각인되었다는 사실은 억울하다.
그때의 내가 기왕이면 '소리 내어 아델 읽기'※에서 나누어
준 텍스트를 받을 수 있었더라면 얼마나 더 좋았을까?
그랬다면 내 몸속에는 '우리는 일어서 판을 박차고

나간다' 하는 소리가 새겨 있을 것이다.

다 오셨네요. 지금부터 텍스트 나눠드릴게요.
받아보시고 읽지는 마시고 바닥에 뒤집어놓으세요.
오늘의 수업은 프랑스의 레즈비언 배우인 아델 에넬이
세자르 시상식에서 성범죄자 감독인 로만 폴란스키의
수상에 항의를 표명하면서 자리를 박차고 나간 데
대한 연대의 의미로 만들게 되었습니다. 동료 소설가,
마찬가지로 레즈비언인데요. 비르지니 데팡트가 쓴
편지를 비롯해 여러 가지 텍스트를 모아두었고요,
비록 먼 곳에서지만 자리를 박차고 나간 그의 행동에
목소리를 보탠다고 생각하며 소리를 내는 시간입니다.
제 입을 잘 보고, 들은 대로 따라 해보세요. 이전에
프랑스어를 배운 적 없어도 아무 상관없습니다. 지금
눈앞에서 보이고 들린 대로 따라 하시면 됩니다. 우선
제가 읽어볼 테니 이런 소리로 이루어져 있구나, 하고
편하게 들어보세요. 시작할게요. On se lève, on se casse.

×   2020년 2월 내가 만든 프랑스어 수업의 이름이다. 밤에 '채움
    스터디'라는 간판이 걸려 있는 주택에 모였던 이십 명 남짓의
    여자와 프랑스어를 읽었던 그 시간은 이후 네 달간 이천 명의
    여자에게 레즈비언에 대한 이야기를 편지로 적어 보냈던 프로젝트
    「코로나 시대의 사랑」의 원형이었다.

안타깝게도 내 소리의 토대는 바뀔 수 없다. 다락방에서 얻어낸acquise 것들이 내게는 이미 주어졌다innée. 처음 들은 소리를 끊임없이 중얼거림으로써. 서점에서 사 온 책을 열면 소리를 내는 방법은 이렇게 쓰여 있다. "이 모음은 한국어로 '우'와 '위'의 중간입니다." 그러나 그 '중간'이라는 단어는 마치 버뮤다 삼각지대 같아 모든 게 들어갈 수 있을 만큼 넓어서 그다지 적절하지 않은 선택이다. 어떤 소리가 해석 불가능해지는 건 그것을 누군가가 해석 불가능한 위치에 놓기 때문이다. 입술이 옆으로 벌어지지 않게 하면서 입술 옆의 근육으로 밀어 올려보세요. 입 안에서 짧지만 제법 무겁게 압력을 만들어내세요. 배를 살짝 누르는 손바닥 정도의 무게로. 이 소리는 우와 위와 전혀 다른 선상에 놓여 있습니다. 또 다른 모음은 유 혹은 우, 로 음차된다. 하지만 혀나 입술로 만들어내는 소리들과는 다르게 윗입술을 들어 올리고 윗입술과 입천장 근처를 긴장시켜 공간을 만들어야 한다. 그러면 입이 아닌 그 속의 세모난 공간 사이로 소리가 빠져나갈 수 있는 통로가 열린다. 어떻게 거기로? 시각을 활용하지 않아도 신경이 쏠리고 피가 몰리면 피부로 정말 볼 수 있다. 살짝 닿아 있는 팔의 주인이 지금 자는지 깼는지 자는 척하고 싶은지 선명하게 보인다. 실제로 변호사 하벤 길마는 시청각

장애인이지만 춤을 배웠다. 춤 상대가 손으로 전달하는
신호를 통해 직감적으로 모든 것을 알 수 있는, 보려고
하지 않아도 들으려 하지 않아도 이해할 수 있고 알
수 있는 '촉각을 통한 느낌이라는 그 탁월한 능력'으로
살사를 배운다. 상대는 그에게 춤에 재능이 있다고
말한다. 시력이 있든지 없든지 재능 있는 춤을 추기
위해서는 타인의 눈에 보이지 않는 듯이 내면에 갇혀
있음으로써 외부와 통해야 한다. 춤을 춘 사람은 그
결과로 타인 앞에 드러나 보인다. 다른 의미로 잘 춘
춤을 추기 위해서는 반대로 타인을 면밀히 살피고 리듬
속에 스스로를 잘 숨겨야 한다.

　입을 벌리고 목구멍을 긁고 볼 안 근육을 긴장시키고
입술에 힘을 풀고. 수능과는 무관한 이 쓸데없는
짓거리를 쉼 없이 하다 보면 새벽과는 또 다른 의미로
명료한 아침이 왔다. 하나의 자음[k], 하나의 모음[ɔ],
자음과 모음[di:ʀ], 여러 개의 음절로 된 단어[kɔmã],
때로는 어떤 단어[ɑdjø] 앞에서 몇 날 며칠 혹은 몇 달의
좌절, 그러다가 어절[kɔmã t(ə)], 문장[kɔmã t(ə) di:ʀ
ɑdjø], 문단, 한 바닥, 다음 장, 그다음 장, 더 이상 세지
않아도 계속해서 넘어가는 페이지. 그렇게 균열 없이
낼 수 있는 소리의 최종적인 길이가 조금씩 길어지면,
배 아래에 있던 것이 그 긴 갈래를 타고 바깥으로 나갈

수 있었다. 이를 공고한 의식 안으로 가두어두던 나의
1언어[한국어]가 모르게. 언어학자는 아니니 아무렇게나
말해보자면 한국어가 생기기도 그렇게 생겼다. 창살처럼
놓인 자음, 모음, 자음을 쉿쉿 하는 소리를 내면서
따돌리고 넘어가고 싶도록.

　어떤 비유는 비유가 아니다. 출발 신호를 따라 뛰지
않아보려고 애쓰던 무렵, 난장판 같던 일상은 겉으로
보기에는 보다 정돈되었지만 태어나 처음으로 생리를
건너뛰게 되었다. 병원에 간다면 무상한 얼굴의
의사로부터 생체 리듬이 깨지셨어요, 라는 설명을 듣게
될 거였다. 그럴 때에는 그러니까요! 하면서 안 그래도
어디로 흘러가야 할지 들리지를 않아서 잃어버렸는데
마침 '리듬'의 어원이 '흐른다'는 데에서 오더라고요,
하기보다는 그저 네, 하고 답하는 편이 나을 것이다.
정신이 나간다는 말도 그렇다.

　'나가고 싶어' 명령하는 그것을 정신이라고 불러보자면
내 정신은 배 아래에 있다. 이때의 정신은 의식이나
몸과 각각 구분된다. 의식보다는 몸에, 몸보다는 머리에
가깝다. 머리와 몸 사이로 짐작되는 상징적인 위치에서는
마침 소리가 나온다. 아가미와 같은 귀 뒤 어디게.

　한국어를 하다가 프랑스어로 스위칭을 하면 얼굴
피부를 쓰다가 말고 돌연 아가미를 꺼낸다. 피부가

안으로 말리고 점막이 밖으로 드러난다. 국경에 앞서
몸의 경계부터 넘는 듯하고 뭍에서 물속으로 지경도
뒤집는 듯하다. 그렇게 뱉어내는 프랑스어는 머리에서
내려와 입 밖으로 풀풀 날려 흩어지는 한국어에
비하자면 점성 있는 액체 같다. 그러니 나에게 프랑스어
자아라는 게 있다면 보다 돌출되고, 입체적이고, 깊은 물
속에서 미끈대며 그대로 올라온 어떤 것이다. 머리에서
입으로 내려오는 또 다른 갈래가 건드릴세라 불쑥
올라와 홀랑 도망간다. 중간에 잡힌다면 잠자코 물
아래로 끌어내려지겠지만 출구만 나간다면 아주 멀리 갈
수 있다.

잘 들어보셨어요? 그럼 이제 다 같이 짧게 짧게
읽어보겠습니다. 글자에 의지하지 말고 지금 제가
만들어내는 소리를 최대한 모방해보세요. 프랑스어에는
소리 내지 않는 글자가 많아요. 듣는 데 집중하지 않고
텍스트를 읽는 사람은 티가 납니다. 누가 자기 몸을 못
믿는지 잡아낼 수 있어요. 프랑스어의 소리는 한국어
글자로 포착할 수 없어요. 지금은 소리를 글자로 가두는
시간이 아니에요. 글자에 갇혀 있던 소리를 꺼내는
시간이에요. 분석하려고 하는 대신 직관적으로 접근하면
됩니다..

분석이 직관을 가리게 하지 말아라. 레즈비언 시인 오드리 로드는 마찬가지로 레즈비언 시인인 에이드리언 리치에게 말했다. 로드가 흑인이고 리치가 백인임을 밝히는 게 좋을까. 직관의 어원은 추론 없는 인지, 논증 없는 즉각적인 이해. 즉각성은 중요한 단어다. 그러나 붙일 말이 없다면 멈추는 편이 좋다. 일부러 덧붙이는 문장들은 뱀에게 붙인 발과 같아서 여지없이 털려 나가니까. 거꾸로 잡고 흔들면 가여운 발이 지네의 신발처럼 떨어져 나온다. 그렇다면 즉각적immédiat의 어원은. 매개 없음. 아, 매개 없이 말하는 기쁨! 분석에 붙잡히지 않은 직관은 가볍게 날 수 있다. 그럴 때 이야기의 형체를 갖추기 위해서 지나가야 하는 무거운 시간은 무시해도 좋은 것이 된다. 심박이 모든 소리를 압도하던 열다섯 살의 몸을 찾아온다면, 단숨에 그 시간을 지나갈 수도 있을 것이다. 파가니니는 열여섯 살에 엄청난 곡을 작곡했지만 당시의 몸으로는 자신의 악상을 연주할 수 없었다고 한다. 나는? 더 어린 나의 몸으로 매개 없이 이야기할 수 있다는 사실만 알았더라면 더 뛰어난 연주를 했을 수도 있다고 생각한다. 정작 반 발짝 앞서 달아나는 상을 좇느라 시간을 다 보낸 건 더 잘 놀기 위함이었다만.[프랑스어로 '놀다'와 '연주하다'는 같은 단어jouer를 쓴다.] 프랑스어를 배우기 시작할 때 나는 연극배우가 되고 싶었다. 연극을 두 눈으로 직접 보고 온 날에 반했지만 차마 배우가 되고 싶다는 말은 입 밖에 꺼낼 수 없었다. 그나마 외국어는 춤에 재능이 있던 하벤 길마같이 타고나지 않은 사람도 배워 마땅했다. 입 속으로 격렬하게 외던 건 아무에게도 들키지 않을 춤이었다. 티 나지 않는 시였다. 날은 맑고/ 아이는 출근했다/두 끼를 몰아 먹고 누워 있다/사람은 내가 자기를 계속 기다리는 줄 안다/마중하는 재미를 본 때문일 텐데/그보다는 아마도 시간을 불연속적으로 상상하지 못하는 한계 탓이다/찰나는 신나는 법이라는 걸/알아듣는 날이 올까/제목: 강아지의 마음, 하는 시같이. 내가 표현할 만한 직관을 가졌다고는 감히 생각조차 할 수 없었다.[누가?]

언어마다 자아가 다르다는 말은 흔하게 통용되지만 정말 그러한가에 대해서는 연구자들마다 의견이 분분하다. 여러 가지를 건드려본 결과 언어마다 두드리는 몸의 부위는 확실히 다르다는 입장이다. 그렇다면 한 몸 안에서 언어마다 자극하고 움직이는 부분들만을 불러낼 때 반응하는 각각의 지도를 구분해내는 일도 가능하지 않을까. 검증된 사실은 아니지만, 한국어보다 프랑스어를 쓸 때 몸에서 사용하는 면적이 더 길다. 몸속 더 깊은 곳을 긴장하고 이완하게 된다. 프랑스어를 할 줄 아는 한국인 친구들이 대충 내 말에 끄덕거리는 걸 보아하면 아주 틀린 말은 아닌 듯하고 일단 나는 그렇게 말한다. 한국어는 입 안과 목으로 소리를 빼서 만드는 말이라면 프랑스어는 호흡과 힘으로 진동을 하는 움직임에 가깝다. 프랑스어를 직접 해보아야 이 말에 동의하거나 동의하지 않을 수 있을 것이다. 파리에 있는 한 빵집[*]에서 파는 기다란 빵의 이름을 읽으면서 웬 플루트? 하고 갸웃거리지만 저거 하나 주세요, 하고 계산하고 돌아 나와 한 입 물고 양손으로 뜯는 동작을 하는 순간 아! 하고 깨달음을 얻는 것처럼. 그러나 그러려면 플루트라는 단어를 알고 단어가 지칭하는 물체의 생김을 본 적 있었어야 한다.

　소리를 듣고 의미까지 닿을 수 있거나, 의미를 소리에 담아서 내보낼 수 있으면 언어를 안다고 할 수 있다. 의미를 소리로 끌어올린 그것까지를 내용물이라고 한다면 글자와 문법은 그릇이다. 나의 경우 어떤 소리는 어디에도 담기지 못해 자라지 못했다. 연극을 보고 와 배우가 되고 싶었던 날의 충격과 이후의 적막. 어떤 소리는 적절한 형식에 담겨 계속 길어질 수 있다. 특히나 그 형식이 그 세상에 이미 혹은 익히, 혹은 이미 그리고

---

[*]　Mamiche라는 빵집이다.

익히 존재하고 있을 경우에. 한국어의 '우' 혹은 '유'처럼.
프랑스어를 배우고 있어. 불어불문과 지원하려고.
통번역대학원에 갈까 봐. 어떤 소리는 어디에도 담기지
않았음에도 "계속해서 확장하고 상승하는 소용돌이"[3]와
같이 똬리를 틀어 나간다.

"음악 시간 되면 옆에 앉아서 반주 보조해줘." "나
피아노 못 치는데?" "괜찮아." "아니, 진짜 못 쳐." "알아."

붙들려 앉은 피아노 의자 위에 겹쳐진 하복 치마 두 벌.

한밤중의 통화. 떡볶이가 어떠니 실없이 이어지던
음절은 모두 날아간 지 오래여서 아무리 노력해도
절대로 복원할 수 없다. 남은 건 휴대폰을 붙든 손과
귓속으로 별 의미 없는 음이 하나씩 더해질 때마다
잠들 수 없던 밤. 한 번도 본 적 없지만 욕실을 배경으로
그려지는 장면 그러나 상상력의 부재로 대부분 희뿌옇게
처리된 환상.

미끈거리는 흰 트레이닝복. 집에 데려온 날에 입힌 내 옷.
"내가 작곡한 노래 들어볼래?" 피부끼리 닿지 않고도
그리로 기울게 만들던 쩌렁쩌렁한 속삭임.

어떤 여자와 하는 대화는 합주 같다. 온몸을 써서
소리를 내고 있구나 느껴지면 특히나. 이때 합주는
반드시 나선의 형태를 하고 있다.

수많은 여자애 가운데에는 나를 붙드는 여자애가

있었다. 손으로 잡지 않고도. 나는 붙들렸다. 들려오는
소리에 맞추어 충실하게. 어떤 무리에 있어도 듣고 싶은
소리를 내는 애가 최소한 한 명쯤은 있었다. 정신은 내
것 아닌 소리를 붙잡고도 나갈 수 있었다. 별개의 개체인
우리가 붙고, 떨어지고, 열리고, 닫히는 모습은 귀로도
들리고 눈으로도 선명하게 보였다. 대화는 계속되는데
가장 빤하게 보이는 것만은 말하지 못했다. 붙들기
위해서, 붙들린 일에 대해서 말하는 법은 알아낼 수
없었기 때문에. 그러니 앞에 두고 잊지 않으려 눈만 크게
뜨는 대신 입 여는 법을 알게 된다면.

　레즈비언이구나! 그 이름은 온갖 여자가 만드는 온갖
상을 따라가고 난 지 십 년이 넘어서야 찾아온다. 서로를
언제까지고 무리 없이 비껴갈 것만 같던 두 갈래의
맞닥뜨림. 글자에 자석처럼 가서 붙는 소리들. 그제야
빛과 소리 이상으로 생각에 진입하는 느낌들. 뒤늦게
결합되었지만 다시는 분리할 수 없는. 경험을 가두는
범주의 필요. 그렇게 외친 반 년쯤 뒤에 강남역 살인
사건이 일어난다. 여성혐오라는 명명의 힘을 말하면서
나에게는 무슨 범주에 어떤 경험이 들어 있었는지
언급하지 않고 가장 깊은 곳의 충동들을 써냈다.
가부장제의 언어에 깔려 채 크지 못했던 언어는 명명을
만나 폭발적으로 커나갔다. 경험과 범주에 대한 단순한

사실을 담은 평이한 문장들이야말로 오히려 처음부터
끝까지 비유였음을.

　딱 한 번 들킨 일이 있다. "야, 이 사람[나다]
남자친구랑 헤어지고 여자 만났냐?" 했다던 친구의
친구에게. 깜짝 놀라 '때가 되면 이야기할 비밀'이라고
답했다. 가장 정확하게 말하면 시어가 된다. 그렇다면
어떤 비밀은 언제나 뼈가 다 드러나 보이게 거기 있었을
것이다. 오래도록 눈만 동동 떠야 했던 나처럼.

　그때는 가지고 놀 수 있는 게 내 몸뿐이었고 연주할
수 있는 방법도 프랑스어 하나였다고, 거기까지만
답하면 좋을 것을 '한국어보다 몸을 조금 더 길게 쓸
수 있어서'라고 말하면 뻔한 질문이 따라온다. 그럼
프랑스어가 그런 언어인 줄 알고 고른 건가? 하는 유의.
그건…… 나한테 왜 여자가 좋았냐고 하는 질문이랑
비슷해.

　이상형을 정해두지도 않았고, 다른 언어를 신랑감
고르듯 세워두고 조금 돌아볼게요, 하고 한 바퀴 다녀온
것도 아니었다. 여자를 사랑하는 일에 그런 속성이
있는 줄은 몰랐다. '아무리 사람을 좋아하는 일에
이유가 없다지만 그 사람을 눈으로 보기는 하잖아' 하고
반박되기 십상이다. 아무튼 외침이 먼저였다. 나중에
경험으로 답이 맞았음이 입증되었다. 정답을 아는 데

오답은 필요 없다.

쯧, 나는 그 여자를 안다. 토니 모리슨은 영감을 준 어떤 여성에 대해서 묘사하다 말고 이렇게 중얼댄다. 중얼거림은 그대로 화자의 첫 대사가 되고, 글은 움직여 『재즈』로 완성됐다. 한국어로 쓸 때는 분명 묘사였던 부분을 프랑스인 친구에게 말해주자니 전혀 다른 이야기가 된다. 며칠이고 고정되었던 문단은 액체류의 중얼거림이 되어 손아귀를 빠져나간다. 모퉁이를 돌아 홱 하니 사라져버리는 가느다란 꽁무니. 저걸 붙잡아보려고 수없이 시간을 보냈다.

처음 프랑스어를 배울 때 여자들하고 열정적인 관계를 많이 맺었어. 어쩔 줄 모르니까 짝사랑relations unilatérales만 하고 있었는데, 그때 그 언어로 하던 게 알고 보니 그 관계로 하고 싶던 것과 비슷했어. 딱히 계산한 건 아니지만 정확하게 찾은 우회로였던 건데. 나는 어떤 소리를 듣고, 어떤 소리를 내고, 그런 걸 많이 하고 싶었고, 그 둘 다를 계속 계속 한 거야. 한 번 일어나버려서 다시 시도해도 똑같이는 모방할 수 없는 움직임. 언어는 제대로 도착하고 나면 즉시 사라져버리는 허무한 본질을 가지고 있다.

대화는 낭독과는 또 다른 행위다. 속에 있는 미끈거리는 것을 나가게 해주면서 상대와 공유하는

규칙 위에 배치해야 한다. 입 밖에서 흩어져버릴 뻔한
무의미한 숨과 소리가 상대와 만든 간격 안에서 글자와
낱말, 통사가 되어 귓속으로 들어간다. 잘만 하면 둘은
동시에 같은 것을 볼 수 있다. 소리는 잘 나올수록
철저히 사라지지만, 서로를 바라보는 두 상대의
아귀가 들어맞으면 같이 본 장면을 서로의 사이에
가둬둘 수도 있다. 그때 친구와 내가 본 건 '여자들과
살고 싶어했다'는 문장 다음에 왔던, 정확히는 '여자들
사이를 눈으로 주파해 만든 순간 속에 영원히 남고
싶었다' 하는 문장 속의 나였다. 그 뒤에 글로 써야 했던
것은 우리nous라는 배타적인 단위의 불침투성. 소리는
사라지기 때문에.

　　사실 프랑스어는 한참이나 잊고 지냈다. 입 안에서
굴리고 터뜨리며 만족하던 나의 소리에 누군가가
반응한다는 발견을 하고 그 소리를 내 것 아닌 몸에서도
나게 할 수 있다면. 눈과 눈이 만들어낸 뚜렷한 정육면체.
사이로 난 통로dia/logue를 나 혼자서는 전혀 못 했을
방식대로 미끄러져 나갈 때. 밤도 아침도 아닌 시간에,
사지가 퇴화된 두 마리 동물처럼. 어디서 나는지
짐작조차 할 수 없는 소리들이 세례처럼 쏟아진다면.
짝사랑을 발견하는 데만도 한참 걸린 친구에게서 새로운
범주를 고백하는 날에 근데 그때 우리, 로 시작하는

대답과 같은 순간들이 무수히 이어지던 시간 앞에서는.
그런 건 잊어도 그만이다.

거울을 통해

미용사	여기는 언제 온 거야?
나	한 달 좀 넘었어요.
미용사	뭐하러 온 거예요?
나	공부하러요.
미용사	그래 보여. 그런 느낌이 들었어. 집이 좀
	넉넉한가 봐?
나	아뇨.
미용사	아냐?
나	제가 사업한 돈으로 왔어요.

미용사   어머, 보통이 아니네. 나 왠지 그럴 거 같았어.
         남자친구는, 한국에 있어요? …… 어머. 그럼 이제
         끝났네. 어쩜 좋아. 가지 말라고 안 말려요?
나   자기가 뭐라고 말리겠어요. 그렇게 해서 끝나면
         끝이죠. 그래도 지금은 사이좋아요.
미용사   어머머, 아무래도 이 언니 보통 아냐, 보통 아냐!
A   마담?

몸집이 작은 아시안 남자가 미용사의 흥분을 깬 데
미안해하며 제 머리를 넣어둔 펌 기기에 전원이
들어오고 있는지 묻는다. 나와 대화하며 내 편으로 잔뜩
기울었던 미용사는 아까까지 익숙했던 목소리의 출처를
거울 속에서 찾아보려 고개를 움직인다. 거울을 통해
발견한 남자의 존재가 생경해 살짝 굳는다. 그러고는
플러그에 꽂히려다가 바닥에 널브러진 콘센트를
달랑달랑 흔들면서 뒤로 넘어가게 웃는다. "어머, 이게
웬일이야."

**파리 근처 황량한 동네에 막 정착한 참이었다. 이 대목은
그곳에서 쓴 「코로나 시대의 사랑」의 도입부이자 원고의
유일한 분량이다. '남자친구'라는 단어를 굳이 바로잡지**

않는 동안 아주 예전에 단 한 번, 그러나 굳이 긴 시간 사귀었던 남자와의 시간에 다녀오느라 앞의 두 문장은 냉랭한 어조를 했다가, 끝 문장에서는 현재로 건너오며 웃었다는 사실을 미용사는 오래도록 모를 것이다. 여자들에게 보냈던 편지를 책으로 만들려고 했던 글은 그 진자운동과 거울로 비추어야만 드러나는 간극에서 출발하고 싶었지만 언제 책이 되어 나올지는 알 수 없다. 그러나 우선은 셰어하우스로부터 파리의 미용실 의자에 안착하기까지의 이야기를 해야 한다.

　나는 석사논문의 도입부를 두고 씨름하고 있다. 우연히 엿들은 일화 한 토막을 도입부로 삼고 싶었다. 시간과 장소는 2019년 연말, 한낮의 서울역. 연구로 알게 된 페미니스트 동료들과 크리스마스를 보내기로 해서 경상남도 진주로 가는 기차를 타려고 서울역에 들어서 전광판을 확인했다. 전광판에는 현재 시각, 출발 시각, 열차 번호, 타는 곳의 번호와 같은 숫자들이 어지럽게 적혀 있다. 이 숫자는 출발이 임박한 열차의 경우에만 빨간색으로, 이외에는 노란색으로 표기된다. 대통령이 단단히 잘못 뽑히기라도 하면 그 모든 숫자가 새빨갛게 적히고 비고란이 '지연 100분'으로 가득 차는 진풍경을 볼 수 있다. 미련 없이 발걸음을 돌리는 대신 역사 안 맥도날드에서 소프트아이스크림을 하나 사 와

도로 그 앞에 서서 버티기로 한다면 아이스크림은 온통 진득한 물이 되어 손가락 아래로 녹아 사라질 것이다. 그러다 보면 아무리 오랜 시간이 지나도 100분이 90분으로 내려오지 않는다는 발견을 하게 될 것이다. 시간의 흐름새는 임의적이다. 짧은 문단에 엉켜 있는 시제만큼이나.

하지만 2019년은 전광판에 적힌 숫자로 그런 고민까지 갈 필요가 없었던 해였다. 시계를 보고 판단할 건 그래서 커피를 사도 되는지 아닌지였다. 기차를 타러 내려가는 에스컬레이터 옆에는 커피, 슈, 만두, 버블티, 김밥, 도시락처럼 출발 시간이 임박해 황급하게 뛰어 내려갈 필요가 없는 운 좋은 사람들을 위한 메뉴를 판다.

그날에는 운이 좋았다. 내 뒤에 선 사람은 친구에게 이렇게 말했다.

"내가 뭘 먹다가 택시를 탔는데 '기사님, 여자분이실 줄 알았으면 먹을 걸 좀 더 가져와서 드릴 걸 그랬네요'라고 했어. 그러니까 기사님이 '아유, 아니에요. 손님이 드시는 게 제가 먹는 거랑 똑같죠' 하시는 거야. 와, 말하는 거 너무 멋있지 않아. 그런 여유, 어디서 나오는 걸까? 그게 다 보지에서 나온다!"

논문은 그가 말을 시작하자마자 바로 흥미를 느끼고, 이후로 구사하는 서사의 진행을 무리 없이 따라갔던 이 일화와 긴밀한 관련이 있었다. 첫 단어부터 계속되는 단어의 선택, 문장의 구성, 문장과 문장의 연결, 서사가 안착하는 끝점에 이르는 리듬을 연말의 서울역이라는 혼잡하고 공개된 장소에서 포착하게 된 사건. 내 뒤에 선 사람의 소리를 만들어낸 파장을 더듬어가며 쓰고자 했다. 여성 동일시된 여성이 생애를 어떻게 이행해나가는가에 대하여. 결국 이 일화는 마지막 순간에 통째로 빠지고 일화를 걸어두었던 도입부는 유튜브에서 두 명의 동료와 했던 나의 커밍아웃으로 대체되었지만. 이 발화의 발화자는 누구인가보다도, 비록 엿들었을지언정 어떻게 발화하는 그와 잠자코 있는 나 간에 대화가 성립될 수 있는지에 더 관심이 많았다. 아마 내가 그 발화를 처음부터 끝까지 포집하듯 삼키고 자리를 뜨는 대신 그 속에 끼어들고자 돌아섰더라면 등을 돌리고 있던 사람과 무리 없이 말을 이어나갈 수 있었을 것이다. 별다른 말을 꺼내지 않고도, 그가 친구를 웃기고 싶어하는 지점에서 같이 장난스러운 웃음을 짓기만 했더라도 충분했으리라고 짐작한다. 독백과 독백 사이로 끼어드는 말뿐 아니라 웃음과 눈짓 같은 추임새를 통해서도 대화는 길어지고, 웃음은 높아지고, 포집하는 원의 둘레는 점점 더 커졌을 것이다. 웃음소리가 증폭되고, 서울역 안에 있는 사람들이 점점

더 그 소리를 알아듣고, 웃고, 반응하고, 으흠, 하는
추임새뿐 아니라 말소리도 섞이면서 대화를 고조시키면
어느새 정신을 차려보니 그 구불구불한 행렬에 동참한
전원이 진주에 당도했던 날도 있었노라고 적게 될지
모를 일이었다.

　그러나 커피를 받아서는 그대로 에스컬레이터를 타고
내려가버렸다. 그랬기 때문에 얼굴을 영영 알 수 없게
되어버린 그의 목소리는 그럼에도 내게 아주 오랫동안
그리고 놀라우리만큼 정확하게 남아 있다. 소리만으로
남아 있는 기억이 얼마나 정확한지는 그때 적어둔
원고를 뒤적여 확인 가능하다.

"아까 택시 기사님한테서 페미 냄새가 나는 거야. 내가
뭘 먹다가 차를 탔는데 '기사님 여자분인 줄 알았으면 좀
드릴 걸 그랬네요' 했더니 '아유 손님이 드시는 게 제가
먹는 거랑 똑같죠' 그러는 거야." '페미 냄새'라는 단어에
이끌려 엿들은 대화는 흥미를 서서히 증폭하다 다음
문장에서 마침표를 찍는다. "그런 여유는 어디서 나오는
걸까? 그게 다 보지에서 나온다!"

한국 사회에서 여성이 여성을 중심으로 놓아 발화하는
일은 그맘때 발명되었다. 문장의 주어가 여성이며

화자와 청자가 여성이리라고 기본적으로 전제하는
장르genre. 누군가는 여성주의의 역사를 무시하는
발언이라고 할 수 있겠지만 하늘 아래 같은 것이 없는
세상에서도 발명이라는 게 계속해서 생겨나는 법이니
꼭 그렇게 볼 필요는 없을 것이다. 이 주장을 뒷받침하는
방식으로 논문을 작성하려 했으나 썩 잘 해내지는
못했다. 열다섯 살 때의 몸이 지금보다 나은 연주를
할 거라고 생각하는 그만큼 그 논문을 지금 쓴다면
더 잘 쓸 수 있을 것이다. 생생하게 상연하는 감각과
스타카토같이 열거하고 목록화할 수 있는 능력을
맞바꾸었기 때문에. 그렇다고는 하더라도, 어떻게 '페미
냄새'라는 단어를 잊을 수 있었을까? 그토록 단숨에
강렬하게 이끌리고 불붙었던 일화의 적린을. 심지어
다른 문장들은 아직도 토씨도 거의 빠뜨리지 않고
기억하면서. 그 단어를 잊지만 않았더라면 인용을 첫
문장에서 끊어버리고 두 번째 문장이 시작되기 전까지
잠깐 시치미를 떼는 장난을 쳐볼 수도 있었을 것이다.
내가 그 단어의 존재를 잊는 사이에, 그 사람은 어떻게
되었을까. 아직도 그런 냄새를 맡고 다닐까? 그랬던
적 있다고 기억할까? 그렇다면 이 이야기에 반가워
고개를 돌릴까 황급히 등 돌릴까. 확실한 사실은, 단어를
깜빡해도 냄새를 잊을 수는 없을 것이다. 잊었다는

주장까지는 가능할지 몰라도.

프랑스어로는 화장실에 가고 싶어지는 신호를 '뱃속에
나비가 있다'고 한다. 비슷한 느낌으로 나는 재미plaisir가
유발하는 웃음이 '가슴속에서 푸드덕대는 조그만 새처럼
느껴진다'고 한다. 깃털의 부드러운 간지러움이 더없는
안전감을 가져다주면서도 때로는 실시간으로 진행되는
수업을 잠시 중단시키면서까지 항복을 얻어내버리는
위험한 새. 길을 가다 돌연히 '나비들아……' 하며
난감하게 속삭이게 되는 순간이 있듯이 웃음은 그것이
깃든 몸과는 별도의 생명력을 가지고 있다. 때로는
씨름해 이겨버릴 정도로.

그맘때 서울역을 뻔질나게 드나들고 수도 없이 기차를
탔던 건 대체로 그것이 내는 소리 때문이었다. 나는
화자를 난감하게 할 정도로 생생하게 울리는 소리가
좋았다. 어머, 내가 지금 이런 말까지 왜 하고 있는 거야,
하고 입을 틀어막지만 결국은 끝까지 가고 마는 말소리.
혹은 냉정하게 유지하려 했던 얼굴을 결국 터뜨려버리는
웃음소리. 말하지 않으려는 사람을 제치고 들어줄
사람에게로 돌진하는 경험이 내는 기차 화통 같은 소리.
서울에도 사람이 살지만 그 소리들의 진원지를 굳이
짚자면 서울 밖이라고 할 만했다. 누군가는 그맘때의
일을 이렇게도 말한다. 2015년 이후 한국 사회에서,

기존의 수도권 중심의 강단 페미니즘이 온라인
페미니즘의 확산으로 인해 도전을 받았다고. 대리자
없는 직접 말하기가 생겨나고 있었다고.

　레즈비언이구나! 했던 순간도 하필이면 그
무렵이었는데, 나는 처음에는 내가 뒤늦게 한 발견에
너무나 신이 나고 어떻게 그동안은 미처 알 수 없었는지
황당해서 알고 지내는 모두가 이 이야기를 들어주기를
바랐다. 내게서는 지금 생생한 소리가 흘러나오고 나는
그게 좋으니까. 슐라미스 파이어스톤은 에로티시즘은
신나는 것이다, 라고 말했다. 상상이 채 채우지 못했던
과감한 순간을 시시각각 채워가면서, 그것을 한 명의
상대역과 같이 일으켜버려서, 서로의 목격자가 되면서
어떤 통제도 더는 힘을 발휘할 수 없는 원을 매일 밤
한 뼘씩 넓혀갔으니. 그러나 그렇게 신나고 싱싱한
마음으로 아침에 눈뜨면 원 아래로 발밑이 푹 꺼질
것만 같이 느껴졌다. 갓 태어난 아기의 머리통은 너무
싱싱하기 때문에 뼈가 만들어지지 않아서 숨을 쉬는
대로 물렁물렁하게 움직인다는 사실을 알고 있는지?
당시 내가 살던 한 뼘만 한 자취방 바닥이 꼭 그렇게
보였다. 시간이 조금 지나서는 날것의 경험을 휘발되지
않게 해줄 틀이 부족하다는 문제의식을 열심히
주장했다. 내게서 나오는 신기한 소리를 듣는 사람들이

지금의 나와 같이 살아가기를, 동시에 나처럼 눈치
없게 오래 끌지 않기를 바랐기 때문이다. 티그레이스
앳킨슨은 페미니즘은 이론이고 레즈비어니즘은
실천이라고 말했다. 그 문장을 찾아내기 전, 신나게 눈을
뜬 침대 아래 기대 페미니즘을 이론인 문법과 실천인
화용으로 구분하면서 후자를 강조하는 관점으로 글을
썼다. 시간이 흘러 그의 문장을 발견하고는 문법을
자세히 몰라도 발화가 가능하다는 입장으로 그것을
읽어내면서 감탄하며 동의했다. 화용론 페미니즘의
필요에 대한 나의 첫 책을 화용을 가능하게 하는
방식으로 썼던 건 운동을 위해서는 평이한 문장을 써야
한다는 벨 훅스의 주장으로부터 그리고 통번역대학원에
다니면서 그렇게 배워서였다. 후에 앳킨슨의 저 문장이
정반대의 뜻으로 통용되고 있음을 알았다. 그리고
거기에도 어느 정도 동의하게 되었다. 아무리 많은
경험이라도 아무도 읽지 않는 한 줄 이론보다 힘이 적을
때가 있다. 소리가 아무리 컸다고 한들 책에 담긴 한
문장보다 못할 때가 있듯.[운동이 한창이던 당시 나온
나의 첫 책에 담긴 관점과 말은 내가 만들어낸 것이고 이
주장은 운동을 사유화하기 위한 의도와는 무관하다.]
　규범의 힘은 강력하지만 화용이 문법을 바꾸거나
생성하기도 한다. 전 세계 수많은 언어학자가 그렇게

말하고, 한국 여성학에서 '페미니즘이 확산되지 않는 현재를 극복해야 할 방안을……' 하며 끝맺던 글들이 2015년에 그어진 불길을 기점으로 '새로운 페미니즘이 생겨나……' 하면서 시작되는 일이 많아졌던 걸 보자면.

이거 좀 봐, 하며 어려서는 청자를 찾아다닌 내 신기한 경험은 이후에는 청자가 되어주기 위한 성냥으로 쓰였다. 젠더와 언어를 다룬 『워드슬럿』에서 어맨다 몬텔은 흑인 여성들이 대화를 하는 방식이 독백과 청중 대신 모두가 참여해서 공동의 소리를 만들어내는 잼 세션과 유사하다고 한다. 나도 커피 한 잔을 앞에 두고 잼 세션을 많이도 열었다. 주산학원에서 매일 나를 기다렸던 그 여자애, 부터 시작해서 카페 바깥에서는 아무 의밋값 없지만 나와 그 사이에서만큼은 독자적인 생명력을 가진 뚜렷한 일화들이 몸 바깥으로 나온다. 어쩐지 살아온 시기마다 단짝 친구가 한 명만 있었고 항상 헤어졌다 싶었는데, 졸업식 날 '언니 축하해요' 하면서 달라붙는 동생들과는 달리 일곱 발자국 뒤에서 꽃다발을 들고 기다리던 그 애가요, 걔랑 저는 야자 시간이 되면 같이 매일 양치하러……. 해상도가 전혀 깨지지 않은 경험이 딱히 어디라고 하기 어려운 부위로부터 왈칵 하고 쏟아져 나온다. 상대가 보여주고자 하는 장면을 그대로 볼 수 있다.

지금이 아닌 일이라 하여도 지금 다시 일어난다. 몸속에 감각적인 물질로 깃들어 있다가 처음으로 소리를 갖추어 나오는, 기억이 언어화되는 신선한 순간을 나는 무척 즐겼다. 열려버린 진실의 입 밖으로 자신의 안에 있던 소리가 나오기 위해서는 받아줄 상대가 최소한 한 명 필요하다는 사실을 잘 알았다. 위츠터블에서 파는 굴 즙처럼 싱싱한 소리를 듣기 위한 이 방법은 나의 전매특허였는데, 원리는 아주 간단했다. 대화 자리에서 그들을 살짝 건드린 다음 이야기가 제 끝을 향하는 순간까지 잠자코 있기만 하면 된다. 나머지는 대화 상대가 알아서 했다.

그럴 때 그들은 주로 반과거를 썼다. 프랑스어에는 과거를 나타내는 시제가 크게 두 가지—복합과거와 반과거—있는데 반과거를 설명하는 가장 흔한 방식은 전경에 해당하는 복합과거와 다르게 이야기의 배경toile de fond을 차지한다는 것이다. '비가 오는데 내가 넘어졌다quand il pleuvait, je suis tombée par terre'는 제일 많이 쓰이는 예문이다. 첫 번째 동사가 무대를 만들고 두 번째 동사가 조명을 받는다. 그다음으로 흔한 설명에 따르면 반과거는 비현재와 미완성을 뜻한다.

프랑스어를 시작한 이후로부터 열심히 공부한 기간은 합하면 4년쯤 될 텐데, 그 기간에 나는 문법을 공부하는

순간을 최대한 피했다. 재미가 없으니까. 그래서
소리로만 식별하는 능력이 발달했다. 반과거는 입을 크게
벌리는 개음-ais/-ait과 그 음을 길게 유지하는 길이로
분별할 수 있다. 새로운 공기를 가볍게 가로지르고
싶어하는 이야기의 관점에서, 몸은 가둔 방해물처럼
둔중하고 거치적거리기만 하고, 개음으로 열리게 될
목구멍은 탈출의 최종 관문이다. 열어젖힌 통로로부터
단어가on s'aimaient 거미줄을 펼치듯 끄집어져 현재를
압도한다. 허물처럼 벗어진 몸의 관점에서 이야기는
통제 밖의 권역까지 이미 높이 솟아올라 모두의
앞에 화폭처럼 펼쳐져[거미줄과 화폭, 배경의 막은
프랑스어로는 모두 똑같은 하나의 단어toile. 이러니
모든 단어는 시끄럽다. "이거 줄까?Tu veux une plaide?"
처음 듣는 단어plaide의 음을 친구가 건넨 코코아 빛
담요plaide가 부드럽게 감싼다. 첫 번째 기억 위로
스탠드업 코미디언이 입은, 어찌나 입었는지 반질거리는
까만 새틴 드레스가 조명을 받으며 흘러내린다. 이렇듯
언어는 늘 혼잡하다] 목구멍을 젖히고 개음을 내면 더
이상 현재가 아닌 동사들이 우리에게 다시 찾아올 수
있다. 무대 위로 빗금처럼 메다꽂히는 완료된 동작들
사이로 시작도 끝도 알 수 없지만 다만 화면에 가득
찬 뱀의 옆면이 비늘을 빛내며 유유하게 움직인다.

아직은 끝을 맺지 않은 방식으로. 사라졌지만 영원하게, 생동함에도 현재가 아닌 채. 복합과거와 반과거는 한국어로는 똑같이 표기되거나 때에 따라서는 현재형이나 미래형으로 적히겠지만 그것이 불러내는 느낌에 따라서 충분히 구분할 수 있을 것이다.

갓 태어난 이야기가 반과거로 솟구치는 모습을 가만히 보노라면 몸에 남아 있는 기억이 말이 되어 나오는 방향은 분명 입을 기준으로 위에서 아래가 아니라 아래에서 위였다. 시작점은 흉곽 혹은 배 아래일 것이다. 뒤의 단어는 프랑스의 페미니스트 활동가로 노년을 살아가는 기쁨plaisir을 이야기하고 타계한 테레즈 클레르가 "삶의 즐거움plaisir은 배 아래로부터 온다"고 말했던 문장에서 인용했다.[4] 그는 아이를 여럿 둔 중년의 주부였는데, 여성에게 경제권이 생긴 시점에 페미니스트가 되었고 이혼한 뒤 여생을 레즈비언으로 살았다.

그래서 재미있게도 레즈비언임을 밝히면 받는 부정적인 반응 가운데에는 '그걸 아직도 하겠다고?' 묻는, 마치 뻔뻔스러운 존재를 보는 듯한 원망도 있다. '방학이 끝났으면 그만 놀고 공부해야지' 하는 말처럼. 실제로 여학교에서 여학생들의 동성애 경험은 이성애 규범 수행을 본격적으로 시작하기 전까지는 스스로를 탐색해도 된다는 변명 아래 열심히 생겨나기도 한다. 어른이 되기 전에만 그만두면 되니까. 이때 '동성애'라는 단어는 '레즈비언'과는 임의적으로 구분되어 쓰인다. 전자는 여성 집단이 알고 있는 그 현상이다. 누구나 해본 경험. 직접 만들지 않았다 하더라도 최소한 목격한. 뭔가 싶어 들어보면 흔하디흔해서 시시해지고 말 정도인 그런 것. 후자는 집단 내에 혹은 곁에 있는 이질적인 존재다. 모두가 치마를 입는 학교에서 홀로 바지를 입는. 하지만 레즈비언은 모든 존재가 그러하듯 시간과 공간이 교차한 지점에서 만들어지는 사회적인 산물이다. '한때', 교정시설, 수녀원, 기숙사, 그리고 이를 합하면? 페미니즘 운동의 부흥기.

그러고 보면 그 시절, 라면을 끓여 내 앞에 내려놓아준 룸메이트와도 기차를 탄 적이 있다. 그가 가는 출장을 따라 군산에 가서 하루를 묵고 오는 일정. 그곳에서 무엇을 먹었는가는 어렴풋하게 기억나고 밤길을 걸었던 것까지는 확실하지만 어디에 가서 무엇을 보았는가는 거의 기억나지 않는다. 논문을 보완해야 한다는 압박감으로 언제나처럼 책을 한 권 끼고 갔다. 마찬가지의 압박감으로 무려 프랑스에 있는 지인에게까지 부탁해서 구입했지만 전혀 건드리지 않던 두꺼운 이론서였다. 느슨한 자세로 기차 안에서 대충 펼쳤다가 허리를 당겨 앉으며 황급히 형광펜을 빌렸고, 서울로 올라오는 길에 서문을 번역했고, 첫 책을 쓰면서 출판사도 같이 만들어 운영하는 동료들에게 연락해 이 책의 판권을 사야만 한다고 했다. 군산에 대하여서는 오로지 그 기억만이 생생하다.

　크리스틴 델피의 『주적 L'ennemi principal』이었다. 나중에 보니 그의 이름과 책의 제목은 내 입에서 한 번 더 나온 적이 있었다. 「썸머타임: 아름다운 계절」이라는 영화를 해설하려 부산에 갔던 2018년이다. 전날 밤 호텔 방 바닥에 앉아 인터넷에서 만난 그의 주장에 눈을 반짝이면서 잠을 설쳐가며 준비해놓고는 바보 같게도 까맣게 잊었다. 황당하게도 한 사람의 한 사상에 두 번 반한 것이다. 나만 그에게 두 번 반한 게 아니리라 짐작하는 건, 프랑스에서 1970년대에 일어난 페미니즘 제2물결 흐름에 합류한 여성들은 대체로 그의 주장을 열렬히 사랑했거나 최소한 적지 않은 영향을 받았다고 말할 수 있기 때문이다. 그러나 다른 남성 이론가의 성은 부르디외든 마르크스든 고유하게 남는 데 반해 오늘날 프랑스에서 그들을 아는 누구에게 묻건 델피는 안타깝게도 "크리스틴 누구?"라는 되물음을 받는 존재가 되었다. 델피요. 주적이라는 책의, 하고 이런저런 부연을 하면 이들은 아아, 하고 눈을 가늘게 뜨는 반응을

돌려주는데, 이 반응은 델피가 그들의 의식에는 없다고
하더라도 뇌리에 자리하기는 한다는 점을 동시에
드러내준다. 내가 그에게 진작 반해놓고도 잊었듯이,
그러나 잊고도 또 한 번 반하였듯이.

군산에서 서울로 돌아가는 기차 위에서 밑줄을
그은 문장은 숱하게 많지만 유독 찬란한 순간에는
자연적인 것과 사회적인 것의 구분에 대한 그의
주장을 따라 읽었다. 부산, 광주, 대구, 대전, 전주,
창원…… 지금처럼 기차를 타고 다니며 강연을 하던
동안에는 주제가 무엇이었든 말미에 늘 이런 질문을
받았다. "안녕하세요? 좋은 강연 감사합니다. 그런데
작가님은 이것들이 선천적이라고 생각하시나요,
후천적이라고 생각하시나요?" 가부장제, 남성성, 모성,
레즈비언 섹슈얼리티. 원래부터 있었나요 만들어진
건가요, 그렇지만 정말로 백 퍼센트 만들어졌다고 볼
수 있을까요, 본성이냐 양육이냐, 자연이냐 사회냐.
이 질문은 받은 질문 중 두 번째로 흔했다.[첫 번째로
흔한 건 "힘을 내고 싶지만 들려오는 세상의 소식에
하루하루 힘이 빠지는 나날입니다. 작가님께서는
무기력을 어떻게 타파하시나요?"였다.] 여기에 무의미한
것에는 무관심하겠다는 전략으로 일관해왔다. 그때는
이런 비유를 만들어내 썼다. 이미 보라색이 되어버린

개체로부터 어디까지가 붉은색이고 어디까지가
파란색인지를 가려내는 일은 무의미합니다. 지금
마이크를 줜다면 이런 식으로 답변하는 게 나을지도
모른다. 오른손을 쓰는 능력은 유전되나요? 아니오,
학교 가기를 손꼽아 기다릴 때 자연히 올라가는 일곱
살 아이의 왼손을 붙잡아 내려놓고 이렇게 말하면
됩니다. 이제부터 오른손으로 연필이랑 숟가락 안 쥐면은
학교 못 갈 줄 알아. 거기서 이놈, 해. 그래서 저는 지금도
왼손으로 글씨를 쓰지 못합니다. 그러니 손을 쓰는
방향은 사회적인가요? 그렇기만 하다면 저는 왜
할머니에게 혼이 난 거지요? 그렇다고 유전transmission
héréditaire은 과연 문화에 대응하는 단어인가요?[x] 자,
이제 여기서 글씨 써. 하면서 다정한 손길로 나를 밥상
앞에 앉혔던 나의 교정correction자. 그런 바람에 어지간한
사람들과 밥 먹을 때 부딪히는 일 없이 부드럽게
만들어corriger주면서도 왼손잡이는 재수 없다지, 하는
말을 배워 친구에게 써먹으면서 세상에 대해 알은체하게
만든 나의 할머니. 그렇다면 그와 구분하려고
"안녕하세요, 친할머니" 하고 신발을 벗고 들어선
곳에서는 애, 여기 할머니가 할머니고 너네 할머니는

---

[x]   크리스틴 델피 가부장제의 정치경제학, 「유산 상속」 참고.

외할머니지, 하는 대꾸를 듣고 나온 "네, 친할머니" 하는 대답은 기질인가 학습인가?

지금은 별로라고 생각하지만 이미 써먹어버린 보라색에 대한 비유에 이어서는, 중요한 건 왜 그렇게 묻고자 하느냐가 아니겠느냐고 말했다. 우리는 교정하고 싶지 않은 걸 본성이라고 일컫지 않는가 하여. 게다가 본인에게 정말로 궁금한 게 그게 맞는가 하고. 이런 질문이 중요하지 않은데 그런 의도가 담긴 타인의 주장에 대응하는 답을 구해두려 질문하지는 않는지. 이제는? 애초에 질문을 받을 일이 잘 없다. 사석에서 비슷한 질문을 받기도 하지만 답변을 열심히 하지 않는다. 양손잡이예요, 하면 와, 완전히 축복받으셨네요, 하는 곳에서 부러움을 사면서 드럼이나 치면 그만이다. 펜싱 칼을 달랄 때에는 왼손잡이예요, 하고. 그럴 때 할머니에게 붙들려 밥상머리에서 공책을 펴고 앉아 메뚜기라는 단어를 쓰는 연습을 죽도록 했던 이야기 같은 건 꺼내지 않는다.

델피는? 이렇게 주장했다. 우리는 자연을 변혁하고자 하지 않는다. 불가피하지 않은 모든 것은 임의적이고, 그렇기 때문에 (자연의 반대로서) 사회적이다. 그래서 페미니즘은 사회운동이다. 임의적인 모든 것은 변혁할 수 있다. 책 속에는 사회적social이라는 여섯 글자가 변혁

가능성으로 확장되는 함축적인 문장 외에도 엄청난 주장이 많다. 이 책은 사회에서 여성이 남성으로부터 겪는 억압이 존재하는 건 맞지만 경제적인 착취를 당하는 건 아니라는 당시의 좌파 남자들의 주장에 일갈하기 위해 쓴 글을 모은 선집이다. 프랑스에서도 무언가가 발명되던 때였다. 남성과 함께하던 좌파운동에서 남성들과 별도로 여성들만 따로 결집하는 움직임. 피임과 임신중지가 전부 불법이던 프랑스 사회에서 남성들이 '피임의 합법화까지만 함께하겠고 임신중지부터는 안 돼'라고 하던 그 시기에 델피는 또 다른 걸출한 프랑스의 사상가 모니크 위티그와 '여성해방운동MLF'을 만들었다. 석사논문은 이때의 이야기를 인용한다. 기왕 프랑스어를 배웠기에 활용한 건 아니었다. 꼭 인용해야 하는 게 알고 보니 거기 있었다. 그래서 내가 불어를 배운 게 언제였더라, 하면서 순식간에 일어난 역산을 마치자 이 이야기를 다룰 수 있으려면 적어도 그 나이 때부터 프랑스어를 배우기 시작했어야 한다는 결론에 이르러 놀란 것이었다. 한국은 프랑스 학계에 별 관심이 없어서 번역된 책이 별로 없으니까. 번역문은 어떤 원문을 번역하기로 한 사람에게 선택되어 독해 가능한 의미를 가지고 새로운 세계로 입장한 결과다. 그러니 놀랍지도 않지만 델피의 책이 번역되지 않았다는 건 있을 수 없는 일이었다. 그래서 동료들을 졸랐고 '가부장제의 정치경제학'이라는 이름으로 번역 출간하게 되었다.

어떻게 하면 크리스틴 델피에게 내 마음을 전할 수 있을까? 군산에 다녀온 이후로는 거실에 누워 늘 이 생각뿐이었다.[셰어하우스에 사는 동안 나는 배정받은 방을 버려두고 책장과 창을 두른 거실에서 잤다.「강아지의 마음」이라는, 쓸모는 없지만 오랜만에 다시 보면 기분이 좋아지는 시도 그 자리에 누워서 현관문을 들여다보다가 나왔다. 이튿날 출근길에 날 발견하고 흠칫 놀라면서도 이내 그리 놔두면서 자연스럽게 인사해주었던 동료들에게 오랜만에 감사와 사랑을 전한다.] 마찬가지 자세로 위키피디아를 샅샅이 뒤져가다 수집한 사실은 다음과 같다. 크리스틴 델피는 여성학을 연구하고 싶지만 지도 교수 피에르 부르디외가 당시에 그런 학문은 존재하지 않는다고 말했기 때문에(!) 프랑스 농촌 사회를 연구한다. 대학자로 이름을 떨치지만 레즈비언이라는 이유로(!!) 학교에서 자리를 한참 늦게 얻는다. 그가 지도한 제자는 단 한 명뿐으로 남자인데 그나마도 자살했다(!!!). 다른 날, 또다시 같은 자세로 머리를 굴리던 나는 나를 두른 책장을 가만히 둘러보다 퍼뜩 몸을 일으켜 앉는다.

2018년 『유럽 낙태 여행』이라는 책을 쓰기 위한 여행에서 만난 인물을 떠올린 것이다. '양할머니에게 메일을 보내보자.' 플로랑스 몽트레노는 68혁명 직후 프랑스 임신중지 합법화에 헌신했던 페미니스트 활동가이자 지금까지도 왕성한 저자이나, 그의 하얗고 몽실몽실한 곱슬머리와 해맑은 웃음으로 인하여 불경스럽게도 양할머니라는 별명을 붙였다. 언어의 장벽은 때로 유용하기도 하다.

잘 지내시나요, 저는 한국에서 석사논문을 쓰고 있습니다. 그러다가 크리스틴 델피의 책을 읽고 깊은 감동을 받았습니다. 같은 시대에 활동하신 두 분께서 혹시나 하여, 등등. 플로랑스는 예의 정력으로 일주일도 되지 않아 답장을 주게 된다. 답은? 당연히↵

델피와 자신이 친한 친구이므로 말을 잘 전해주었으며, 그러나 델피가 은퇴를 했기에 지도 제자로는 받을 수 없겠지만 내 연구를 돕겠다는 내용이었다.

이역만리의 사상가에게 어떻게 내 마음을 전할 수 있을까? 하는 마음에 일주일 만에 이메일로 답을 받다니 이렇게 흘러가도 되는지 쓰면서도 의아하다. 그러나 서사의 진행에는 한 치의 거짓이 없음을 밝히는 바다. 일주일은 별만 잘 떠준다면야 누군가가 결혼을 결심하기에도 충분한 시간이다. 움직임에 소요되는

시간만을 더한다면 아무리 먼 곳, 떨어진 시대의
사상가라 할지언정 두 사람이 서로 연결되는 데에는
그 이상의 시간이 필요할 이유도 없다. 그런데도 박사
유학을 정말 가야 하는지, 간다면 언제여야 하는지는
결정하지 못하고 있었다. 델피를 강력하게 사랑했고,
연구를 할 때는 선생에 대한 사랑이 바탕이 될 수
있으며 이것이 끝까지 마칠 수 있는 원동력이 된다는 걸
석사과정을 거치며 이미 알았지만. 그래서 갔다. 그다음
해에 갑작스럽게. 무려 델피에게서 도와주겠다는 말을
듣고도 갈팡질팡하다가. 박사를 얼른 마치고 사랑하는
사람과 영원히 행복하고 싶어서.

　나는 성격이 급하다. 어느 정도냐고 하면 초등학교 오
학년 때 방학식 날 전에 방학숙제를 해치워버린 전적이
있다. 그런데 또 은근히 숙제에 잘 매인다. 프랑스어로
숙제와 당위는 같은 단어devoir다. 박사를 결심한 건
오랜 소망을 얻었고 그래서 인생을 최대로 즐기게 생긴
순간이 찾아온 때였다. 그 느낌은 거의 위기감이라고
할 만큼 강력했다. 욕망이 곧 나의 당위라는 말은 실은
강하게 원하는 것을 만나면 숙제가 엄청나게 쌓인
느낌을 받기도 한다는 뜻이다. 그러니 잃고 싶지 않은
걸 가졌다고 느낀 시점에 다다라 이 큰 과제를 빨리
해치우겠다는 결심을 하고, 실현하는 데 성공하기까지

한 건 그런 과거의 전적이 발동한 결과인지 모른다.

그래서 2021년 11월 23일, 애인과 친구들의 선물을 부적처럼 두르고 출국을 했다. 이 문장을 쓰는데 눈물이 분수같이 솟구쳐 입을 막아야 했는데, 어쩌면 너무 바보 같은 것을 보면 즉물적으로, 안쓰러움이 성질처럼 솟아나는지도 모르겠다. 그래서 나의 선생님은 프랑스에 박사를 가겠다는 내게 "너어, 거기 가면 그렇게 아무거나 보고서 우와! 신기하다! 이런 거 하지 마!" 하고 뜬금없이 야단쳤을까. 내가 두른 부적의 목록은 다음과 같다. 파란 니트, 목도리, 행운의 코끼리가 그려진 지갑, 목베개, '솔찬히 튼실하다'는 메모와 함께 선물받은 책가방, 이어폰. 그 외에도 한 손으로는 '두 사람 이론'이라는 이름을 붙인 두 페이지 연구계획서, 다른 손으로는 판권 구입을 마친 델피의 원고를 들고 비행기를 탔다. 델피는 연구계획서를 보내면 코멘트를 해준다고 하였지만 일 년째 연락이 오지 않은 채였다. 위대한 사상가에게서 일주일 안에 답을 받는 일이 자주 일어나리라고는 생각하지 않았다. 또 이제는 답이 오지 않는다면 내가 가면 되니까, 별달리 걱정하지 않았다. 기왕이면 번역을 마치고 멋진 모습으로 등장해 안녕하세요, 만나 뵈어 영광입니다. 자, 이제 질문 하나 드리겠습니다, 하고 싶었다.

네, 질문하세요. 하는 강연자 자리에 앉아서

이혼 법정의 모순이라고 이야기하던 게 있었다. 여자가 남자와 잠깐 살아보자마자 문제를 직감해서 이혼하겠다고 하면 이렇게 조금 살아보고 어떻게 아느냐고 더 살아보라고 돌려보내고, 오래 견딘 다음 이 문제로 이혼하겠다고 하면 그게 정말 문제라면 왜 이제 와 야단이냐고 하는 식의 배배 꼬인 굴레. "알고 보니까 나 레즈비언이었어! 너도 여자 만나!"라고 말하면 "나는 레즈비언이 아닌데 어떻게 여자를 만나?" 아니면 "남자만 만났는데 어떻게 레즈비언이 돼?" 하면서 서로를 물고 무는 질문의 형상. 한국에서는 경력직 신입이라고도 부른다. 혹은 프랑스 행정이라고도 부를 수 있다. 프랑스의 행정은 악명 높기로 유명하다.

하나, 행정을 처리할 때. 휴대폰 번호가 없으면 은행 계좌를 틀 수 없는데 은행 계좌는 휴대폰 번호를 필요로 한다. 유명하다시피 이 나라는 약속RDV이 참 중요해서, 오죽하면 약속을 잡기 위한 약속을 잡아야 한다. 그럼 약속을 잡기 위한 약속을 잡는 날에는 그냥 와도 되는 건가? 하면 아직도 모르겠다. 이거 인종차별인가? 싶어 눈을 가늘게 뜨다가도, 프랑스인도 조국의 엄준한 규칙 앞에서 분통을 터뜨리고 손가락 욕을 하며 자리를 박차고 나가는 걸로 보면 그렇지만도 않은 것 같다. 어쩌다 보니 한국인들이 '이곳은 인종차별을 합니다,

메뉴를 한참이 지나도 절대로 내주지 않아요. 절대 가지 마세요' 하고 일제히 별 한 개를 준 레스토랑에 들어와 아차 싶어 주위를 관찰해보니 백인에게도 똑같이 느리게 서빙하는 식당이었고 한국인이 그걸 견딜 수 없었던 일화와 비슷하게.

둘, 뭘 물어봐도 자기 소관이 아니다. '여기서 담당하지 않아요, 저기서 물어보세요.' 저기로 간다. 그러면 '거기로 가보세요.' 거기로 간다. '여기로 가야지요.' 다시 제자리잖아. 한국에서도 왕왕 일어나는 일들인데 프랑스에서는 더 자주 일어난다.

셋, 뭐든지 상황에 따라 달라진다. 십 년 전 어학연수를 하던 시절, 한국 카드로 프랑스 은행에서 300만 원을 인출했는데 자동화 기기 오류로 중간에 증발했던 적이 있다. 다음 날 창구로 가니 1) 약속을 잡고 와야 하며 2) 그 문제는 여기 소관이 아니라는 은행 직원을 맞닥뜨렸다.

세 가지가 얽혀서 만들어지는 환상의 모양을 프랑스에서는 종종 '제 꼬리를 문 뱀le serpent qui se mord la queue'이라고 부른다. 다가가서 닿는가 하면 옆구리 사이로 슥삭슥삭 빠져나가고, 달려 나가서 빠져나가는가 하면 처음 있던 자리에 다시 가두어두는, 마치 시간이 흘러가는 모양과 같이 엉켜 있는 그 꼴을 보고 있노라면 도망가는 그것이 누구 꼬리든 간에 일단 힘주어 꽉 깨물고 싶어지기도 한다. 그러나 내 입에 들어온 건 어느새 나의 꼬리. 세게 물어봤자 나갈 수 있는 건 결국 내 악관절이요 잘릴 수 있는 건 내 살점이겠다.

휴대폰은 계좌가 필요 없는 일회용 유심을 사서 임시 번호를 얻고, 한참을 기다려 계좌가 나오면 다른 통신사로 번호 이동을 하면 된다. 은행은 '내일 이곳으로 오라'고 말한 대화를 전날 녹음해두었다. 다음날 헛소리를 하는 직원에게 전날의 녹음 파일을 틀어서 들려주니 귀찮은 얼굴을 하면서 문제를 그 자리에서 해결해주었다. 절대로 움직이지 않을 것같이 보이면서 해괴한 해결책을 내밀면 언제 그 자리에서 앞을 막았냐는 듯 다시 유유히 나를 비껴가는 꼬리를 문 뱀은 프랑스가 아니라도 살면서 자주 만나보았다. 그러면서 알게 된 건 답은 주로 선택지 바깥에 있다는 거였다. 페미니즘에 대한 남성의 질문을 상호작용으로 만드는 데 가담하지 않을 때에야 시작되는 대화처럼.

말을 해야 하겠는데 할 자리가 없고 자리에 선 적이 없어 자리를 받지 못하는 아이러니는 내게 익숙했다. 이는 모든 여자의 전공기초라고 할 만하다. 그래서 지금의 이름이 무엇이든 여자를 만나서 그 경험으로 새로운 이름을 붙이면 되고 레즈비언이라고 이름 붙이고 좀 기다려봐야 범주에 포함할 수 있는 경험이 생겨날 거라고 답할 수 있게 되었는지도 모른다. 당시에는 거짓 같고 기만 같고 미심쩍지만 대체로는 새로운 시간을 한 축 더 끼워 넣어 원을 원통으로 만들면 풀리는 문제들. 혹은 레즈비언이기에 다른 문제를 쉽게 풀어냈는지도 모른다. 아무리 경력을 쌓아도 단절시켜 영원히 취업 준비생으로 주저앉히는 나라에서 용케 경력직이 되는 존재.[실제로 레즈비언 창의성이라는 개념이 있다.]

학교의 문제는 이랬다. 입학증을 받으려면 장학금이 있어야 하는데 지원할 수 있는 장학재단은 이미 입학증을 받은 사람에게만 장학금을 주겠다고 버티는 중이었다.

휴대폰은 임시 번호, 은행은 녹음, 레즈비언은 자기 승인이 해답이라면 학교의 문제를 해결해가는 방법은 이어질 긴 편지의 내용과 같았다. 방식이 이러했던 까닭은 석사논문을 쓰는 동안 사실은 다른 문제에 골몰해 있었기 때문이다. 주식 투자를 비롯해 온갖 투자가 인기이던 무렵이었고 나는 '여자는 투자처가 될 수 있는가?' 하는 질문의 꽁무니를 좇아 다니고 있었다. [그 이야기를 책으로 써내고 싶었다. 오초ocho, 하는 소리가 만들어내는 8자와 플라멩코 리듬 위에서 두 발이 제 꼬리를 문 딜레마의 모양대로 움직일 때 휘날리는 빨간색 치맛자락에서 시작할까, 귀여운 캐릭터를 앞세운 청소년용 경제 만화로 만들까 갈등하면서 디자이너인 동료에게 캐릭터를 만들어달라고 조르기도 했었다. 이 이야기는 도입부조차 쓰지 못했지만 캐릭터는 얻어내었다.[x]]

안녕하세요, 이민경입니다.

제가 올가을부로 프랑스에서 박사과정을 시작하게 되었다는 소식을 전하려 편지를 드려요. 예정에 없다가 지난 일 년 남짓 얻은 경험으로 결심한 바가 있어 도전하였는데 예상외의 결과를 얻었습니다.

많은 분이 박사 진학 소식에 덤덤해하시는 걸 보면 가장 놀라워하는 건 제가 아닐까 싶습니다. 작년만 해도 석사로 학업을 마치려 들었거든요. 아마 '교수 되겠다'는 덕담을 들으며 자라고도 막상 그 길에 드는 재정을 언급만 해도 괘씸한 존재가 되는 양가적 환경을 살아서 그랬을 겁니다. 작가가 되기 직전이던

---

[x]   캐릭터의 이름은 팽카로 아녜스 바르다의 「이삭 줍는 사람들과 나」와 인터넷에서 유명한 이행시 "팽: 팽현숙 / 권: 권카"의 황당한 낙폭을 겹쳐서 만들어낸 것이다. 이 이름은 다음 해에 강릉으로 가느라고 산 자동차에 붙이게 되었다.

학부 때는 석사만 하고 교수 될 방법과 가능한 최선의 시나리오를 아무 종잇장 귀퉁이에 급히 휘갈기곤 했어요. 양립 불가능한 조건 사이에서 길을 찾자는 투지와 도통 각이 나오지 않는 난감함으로 범벅이 되어서요. 그러니 석사 중에 여러분께 교수 같다느니 박사니 하는 별명으로 불린 아이러니에는 그런 말로 놀리던 누구도 모를 제 한 시절이 버젓이 담긴 셈이지요. 이제야 하는 말이지만 석사로 끝냈다면 그건 합리적 선택이 아니라 (이상과 현실이 아닌) 성취와 대책 간의 간극을 보지 않기 위한 저의 선제적 포기였을 겁니다.

합격한 밤엔 매분 매초 쩔쩔매며 걸었던 학교에 다녀왔어요. 저는 석사를 두 번 졸업했지요. 석사를 졸업하면 박사를 간다는 단순한 덧셈 대신 스스로의 어떤 조각도 버리지 않으려면서도, 그러려면 미리 포기할 조건을 골라내는 방정식을 쥐고 애쓴 순간들이 스쳐 지나갔어요. 그토록 조마조마했던 캠퍼스를 그날 밤만큼은 속 시원히 활보했네요. 첫 석사에선 여성에게 딜레마를 안기는 구조를 규명하려 들었고 두 번째엔 딜레마 바깥에 실제로 다다르게 한 사람들을 만났습니다. 박사 유학은 전적으로 여러분이 농담과 진담 섞어 건네주신 수사

덕에 일어났으니 같은 길을 다른 시간성 위에서 걷게
해주심에 진심으로 감사를 표합니다.

그런데 입학 절차 중에 국가장학금 연령 상한에
4주 차이로 잘린 일부터, 명확히 언어화할 수는
없지만 문제랄 법한 일들이 생겼습니다. 한 달간
대책을 찾아 애쓴 끝에 이를 계기로 제게 투자해주실
분들을 찾게 되었습니다. 약 3년 후 회수를 약정하며
모집하는 이 기금의 이름은 저의 장학금입니다.

굳이 회수를 약속하지 않아도 많은 분이 축하차
힘을 보태주실 것을 압니다. 그런데 굳이 편지하는
까닭도 같은 이유입니다. 그래서는 그간 붙들었고
앞으로도 오랜 시간을 들이려는 문제를 풀 수
없음을 지난 한 달과 직전 일 년간 절감했어요.
그러니 오만하게 들리기를 감수하고 제가 여러분께
구하려는 것은 주신 돈을 돌려받겠다는 기대임을
밝힙니다. 무사 무탈만을 바라는 마음 대신, 함께해서
약간이나마 이득을 얻겠다는 전망을 찾습니다.
여성에게 자원을 나누는 결정이 손해가 아니며, 득이
돌아오기를 기대하는 태도는 좋다는 관점으로 꼭
깨고 싶은 둑이 있습니다.

투자로 기대하실 우선의 결과는 학자로서 제
성장입니다. 그간 성장에 자원 투입이 당연시되는

논리가 여성을 비껴가는 문제에 천착했습니다.
글과 강연, 캠페인으로 개입한 문제를 실제 투자
요청을 담은 편지라는 형식과 이후 연구로 이으며
여성의 앞에서만 멈추는 물길을 틀 것입니다.
투자자분들께는 3개월마다 진척 과정을 산문
형식으로 전하겠습니다.

　보다 산뜻한 후원 대신 투자라는 어휘로 관계
맺으려는 이유는 친구들과 낸 단행본인 『피리 부는
여자들』 106쪽에 적어두었습니다. "우리는 여자들이
여자를 믿고 끝까지 남으면 바보가 된다는 신화를
익히 듣고 자랐다." 불신은 여성이 자기 힘을 서로의
성장에 활용하기를 방해한다는 점에서 치명적인데,
투자는 결과를 믿고, 이를 관념의 영역에만 남기지
않는 행위입니다. 이 믿음에는 성과를 못 내도
무방하다는, 안전하지만 무력한 독려를 넘어서는
힘이 있어요. 커지겠다 싶은 곳에서 시간을 들여
기다려서 크게 하는 힘. 저는 이 힘이 '여자는 클
수 없다'는 주술을 현실로 만드는 고리를 깨는 데
주목합니다. 여자를 키운다는 말에는 시간을 들여
기다리는 과정과 커졌다는 결과가 담겨 있지요.
학교에서 여성이 '리스크'로 불리며 자원 투입을
기피당하는 현상을 드러내는 데 필요한 시간을

벌고 싶습니다. 따라서 큰 결실을 약속하기보다
저라는 리스크를 나눠 지고 시간을 함께 벌어달라
부탁드립니다. 이 투자는 다른 모든 투자만큼
불확실하니 무엇도 장담할 수 없지만, 여기서만
볼 수 있는 흥미로운 광경이 있으리라는 점만은
확실합니다. 이번에 진학하는 학교는 역사 이래
걸출한 인재를 길러내었으니 저 역시 분명 성장할 것
같습니다.

　또한 저는 6년간 활동하며 성취를 이윤으로
바꾸었고 이제 이를 제 역량이라 여기게 되었습니다.
새로 연 수업에서 만난 동료들, 처음 만난 동료들과
세웠던 봄알람에 비슷한 편지를 보내고 긍정적인
답을 받았습니다. 여러 번 펀딩을 성공시켰지만 이번
답신을 열고 생전 처음 접하는 종류의 뿌듯함과
기쁨을 느낀 걸 보면 투자자와 투자처로 관계
맺어야만 가능한 것이 있다는 짐작이 조금은 확인된
듯합니다. 이에 용기를 얻어 보다 불특정한 곳으로도
편지를 띄워봅니다.

　이 편지는 여성을 대표하기는커녕 제 개인의
행보로 성장 가능성을 점쳐달라는, 정반대의
개별적 요청입니다. 어떤 부담감도 느끼지 마시고
손해가 예견되면 응하지 말아주세요. 사랑이나

응원이 필요 없어서가 아니라 손해를 감당하겠다는
무조건부 응원보다 이윤이 나겠다는 계산이 절실한
순간입니다. 믿지만 어떻게 믿겠느냐, 잘해왔고
잘하겠지만 잘할지 모르겠다, 믿으나 철저히
불신한다는 모순에 일생 시달렸고 지난 한 달은
특히 그랬기 때문입니다. 당장 저 스스로가 석사에서
멈춰야 한다고 철석같이 믿었던 사실과도 무관하지
않겠지요. 이 학교에 합격했다는 소식만은 꿈같은
일이고 포기할 수 없어, 꿈을 포기해 기대를 조정하던
방식을 이번 계기로 그만두려 합니다.

아래 '투자를 결심했다면'을 눌러 나오는 서식을
입력하면 약정서를 보내드려요. 저와 당분간 한배에
타주시려면 입력을, 추가 문의는 답장해주세요.

갑작스러운 비통함에 관통당했던 2016년 강남역
살인 사건은 『우리에겐 언어가 필요하다』로
여러분과 처음 만난 계기였습니다. 어쩌다 광장에
나온 뒤로는 돌아가지 못하고 여성 교육, 임신중지,
자원의 불균형, 몸, 레즈비어니즘에 언어를 보태며
6년간 살았습니다. 고통과 슬픔도 있었지만
광장에서, 트위터에서, 강단에서 수많은 동료와
연결될 때마다 행복했어요. 이 편지를 어떻게
여기시든 상관없이 그간 곁에 계셔주심에 마음속

깊이 감사했다는 말씀을 전합니다.
잘 다녀오겠습니다! 보고 싶을 거예요.

허리를 베지 않고는 떨칠 수 없는 굴레를 2016년에는
약속으로 돌파한 적 있다. 한 달 뒤에 책을 써서 주기로
약속할 테니 책값을 주세요. 크라우드 펀딩으로
사천만 원을 모아 출판사를 차린 이야기는 한때 자주
회자되었고 누구나 기억할 수 있을 만큼 들렸으나
지금은 잊힌 이야기가 되었다. 급하게 출판사 이름으로
붙일 만한 단어가 필요해졌던 어느 밤, 여자친구의
이름 한 글자를 넣어서 만든 비밀 아이디를 내놓아야
했던 일화를 말하기도 전에. 형식과 내용의 일치를 아무
데서나 바라는 내게 크라우드 펀딩으로 박사를 가는
길은 험난했지만 만족스러웠다. 장학금은 보통 재단에서
나온다. 국가같이 공적 기금의 지원을 받는다고 하면
좋은 학생으로 평가받을 수 있다. 공적인 것과 대중의,
는 같은 단어public를 쓴다. 한국의 페미니즘의 맥락을
그대로 쥐고 떠나는 것과 같았다. 한국에서는 익숙하고
그곳에서는 낯설 것이라는 사실조차 마음에 들었다.
예상대로 처음에 교수는 난감해했지만 어쨌든 합격
통지를 받았다.

합격 통지를 받은 파리고등사범학교는 푸코부터 하여
프랑스 최고의 지성이 나왔다고 하나…… 프랑스 학제를
이해하는 데 결국 실패했기에 자세히는 모르겠다.
다만 미용사는 학교가 어디인지 물어보더니 답을
듣자마자 한층 더 흥분하며, 다음부터는 어느 가게든
문을 여는 즉시 파리고등사범학교 학생이라고 소개를
하면서 들어가라고 했다. 우리 딸내미 거기서 키웠는데,
하고 미용사가 반가워했던 방 안에서[미용사는 내가
임시로 구했던 집에 사는 아저씨의 전 부인이었다.
앞머리가 눈앞을 가리는 꼴을 참을 수 없어 아저씨에게
미용실을 물었고 그는 오랜 세월 대안을 찾아 헤맨
게 분명한 얼굴로 '나는…… 거기서만 잘라' 하고 체념
어리게 추천해주었다. 그로 말하자면 어느 날 내가
레즈비언이라고 하자 '어이고' 하더니 '어쩐지 그 통화가
친구 같지는 않더라마는……' 하면서 '그러면 네가 그……
페미니스트냐?'라는 통찰력 있는 질문을 남긴 바 있다]
프랑스 최고 기관에 명예롭게 입학하여 착실히 수학하는
일상과는 약간 거리가 있는 상상을 하며 살아간다. 가령
저 멀리 높은 곳에서 활시위를 당겨 광장을 절반으로
가르는 불줄기 같은 것. 부글거리는 속으로부터 활활
타오르는 것.
　대체로는 이 프랑스 학교가 기관이 워낙 여럿으로

나뉘어 있으므로 대략 이름만 같은 곳이겠거니 하며
마음이 편안했다가도 어떤 날에는 어쩌면 대단한 곳에
와 있는지도 모른다는 의심이 들었다. 학교 정문에
들어서는 때부터 내게 뭔가가 자꾸 어렵다느니 안
된다느니 거들먹거리면서도 쩔쩔매는, 쩔쩔매면서도
거들먹거리는 학교 인사들을 만나고 오면 그랬다.

　봉신들d'midus?

　"아니, 반신demidieu. 지들이 반-신demi-dieu이라
그런다고."

　마시던 맥주잔으로 테이블을 따닥, 두드리며
쳄은 속사포같이 일갈했다. 인간을 반쯤 초월한
존재라는 뜻으로 쓰이는 그 단어는 내게는 반밖에
신이 못 된 안타까운 존재로 들렸다. 그래서 그렇게
거들먹거렸구나, 보다도 그래서 어딘가 약간은
쩔쩔맸구나, 하는 이해를 가능하게 했다. 반이나 신이
됐네, 가 아니라 그리고도 반밖에 못 됐네.

　쳄은 연구계획서의 문법을 검토받으려다 만난
선생님이었다. 쳄 이전에도 여러 선생님을 만났다.
연구계획서에 문법이 잘못된 데가 있는지 한 번만
훑어봐달라고 만났던 어떤 이는 레즈비언은 '되는'게
아니다! 원래부터 그런 사람들이 있는 것이다! 하고
분개하며 한 시간에 10만 원이 넘는 수업 시간을 돌연

일대일 강의 시간으로 만들었다. 안타깝게도 돈을 낸 내가 강의를 맡아야 했다.[하필이면 과외 선생님을 찾는 사이트에는 그의 표독스러운 얼굴이 간판으로 걸려 있는데, 백인치고도 기다란 그의 코를 볼 때면 접속할 때마다 마뜩잖게 꽁해지는 기분을 감출 수 없다.] 쳄은 처음에는 전전했던 다른 선생님들과 비슷하게 내 신경을 조금 긁었다. 그렇지만 얼마 지나지 않아 아하! 하고 내 이야기를 흥미로워해주었다. 그래서 나는 그에게로 살포시 정착하였다. 그는 내가 태어나서 본 두 번째로 똑똑한 사람이다.[첫 번째는 "어휴" 하며 나를 대뜸 야단쳤던 석사 지도 교수님이다. 그 선생님이 학교 밖에서 하는 강연은 꼭 스탠드업 코미디 같아서 지도를 부탁드리기 몇 년 전부터 그의 강연이 있을 때마다 쫄레쫄레 쫓아다니곤 했다.] 쳄과 맥주를 마신 날 그를 따라간 건 쳄의 또 다른 학생이 그의 콘서트 초대에 나를 끼워주어서였는데, 그 콘서트는 한 배우의 일생을 클래식 음악으로 나타낸다는 콘셉트였으나…… 사실 음악에 관심이 없어 잘 기억나지 않는다. 다만 "개인 수업으로 자신의 삶을 똑바로 영위하고 있다"고 말하되 노동과 육아로 인해 충혈된 쳄의 눈이 객석에서 나오면서는 맑게 반짝거렸으며 "야, 피곤 제대로 풀린다!Ça me défatigue!" 하고 그가 한숨과 함께 내뱉은

문장이 공연처럼 강렬했다는 기억이 있다. 알고 보니
그는 극작가라고 했다. 이제 보면 똑똑한 여자들은
전부 극을 하는지도 모른다. 쳄은 이렇게 말했다.
"아무나 연기jouer를 잘할 수 있는 건 아니야. 음악성이
있기는 있어야 해. 그래도 그게 어느 정도만 있다면 잘
놀jouer 수 있어. 기본적으로 문제는 소심함이지. 자기를
잊어버리고 풀어놓을 만한 용기가 있어야 하는데. 보통
겁이 나서 그래." 어쩌면 내가 똑똑함이라고 읽었던 건
용기였는지도 모르겠다.

　무엇이 되었든 스탠드업 코미디에 빠져든 건
자연스러운 수순이었다. 용기인지 똑똑함인지 둘
다인지를 가진 여자가 내는 소리를 듣고 싶으니까.
"여자가 자유롭기 위해서는? 과부가 되어야 한다!"
올랑피아 극장에서 백인 페미니스트 코미디언은 이렇게
농담한다. 파리의 스탠드업 코미디언을 주제로 삼은
「스탠딩 업」이라는 넷플릭스 시리즈를 보다가 드라마 속
무대를 보고 가게 된 공연이었다. 올랑피아는 실제로도
그렇겠지만 드라마에서 주인공인 흑인 여성이 꿈의
극장으로 삼는 곳이다. 흑인 여자가 주인공이 되는
서사도 백인 여자가 쓰고 막상 그 극장에서 공연을 하는
것도 백인 여자라는 사실에 조금 맥 빠졌지만 어쨌든
직접 보러 가 콜라를 한 모금 마시면서 농담에 대고

중얼거렸다. 그냥 레즈비언 되어도 되는데.

나도 마이크를 잡고 농담을 곧잘 했다. 페미니즘의 부흥기에. 탈코르셋한 여자들은 죄다 십 대 아니면 사십 대로 보여요. 어떤 이십 대 둘이서 무단횡단을 하던 날에 경찰이 와서 망했다, 싶었는데 웃으면서 "너희들, 경찰 아저씨가 '이놈' 한다." 이러면서 귀여워한다고요. 그렇게 길을 건넌 다음에 티셔츠를 사려고 신용카드를 내미는데 점원분이 "아이구, 엄마가 카드 줬어?" 하는 거예요.

여기서의 탈코르셋한 여자는 크리스틴 델피의 동료인 모니크 위티그의 유명한 문장인, "레즈비언은 여자가 아니다" 할 때의 레즈비언과 등치할 수 있다. 한국 사회에서 운동이 일어난 맥락에서 이 문장은 '헤테로는 여자가 아니다'에 더 가깝게 읽을 수 있다만. 앞 문장이 '여자'로부터 레즈비언이 이탈하는 경향을 보여준다면 탈코르셋은 '여자'의 따옴표를 벗긴다는 점에서 차이가 있고, 두 문장 모두 '여자'와 여자를 구분 짓는 목적을 가진다. '모든 탈코르셋한 여자가 레즈비언이냐?'고 질문하는 데에는 순전한 궁금함도 불쾌감도 무지를 지적하고 싶은 마음도 들어 있을 테다. 미국에서 1970년대 불었던 정치적 레즈비어니즘의 바람을 그대로 덧씌워 읽으려는 게으름도 포함할 수 있겠다. 그 질문들이 바로 내 논문을 마주 놓고 싶은 위치였다.

이 질문들에 답하던 나는 레즈비언을 오지 않은 미래의 시간까지를 포함한 정체성으로 읽었다. 자라는 동안은 한두 치수 크게 사는 아이 옷처럼.

캐시 홍은 『마이너 필링스』에서 코미디가 어디에도 숨을 데 없이 투명한 장르라고 말한다. 나의 경우에는 가장 투명하게 본 것들만 농담으로 삼을 수 있었다. 보는 쪽도 보이는 쪽도 공평하게. 그러니까 농담의 주체가 대상을 바보로 만들면서가 아니라 네 앞에서라면 마음껏 우스워질 수 있어, 하면서 히죽 하고 바보가 될 수 있을 때. 한쪽 입에서만 나온 말이라고 하더라도 상대편도 같은 상태가 아니라면 그 말은 들릴 수 없었을 테니까 결론적으로는 양쪽 모두가. 그러니 "그 남자랑은 언니랑 한 거야 못 하겠지, 농담하고 그러는 거" 같은 말을 들으면 나는 가장 부차적인 것을 대하는 어투와 가장 순도 높은 것이라는 의미 사이에서 끊임없이 흔들렸다. 농담이라는 건 그래서 가벼운가 무거운가? 물 위에 그 두 글자를 얹는다면 한 점 이파리처럼 표면에 사뿐히 안착하고 마는가 육중하게 가라앉으며 물이 담긴 속을 온통 헤집어놓고야 마는가?

2015년 이후의 한국 사회에서 투명하게 바라본 대로 말할 것 같으면 농담의 몸피는 날렵하고 힘은 거대하다. 가장 기발한 유머가 3일 안에 그동안의 언어

구조에서 가장 공고하게 뿌리박힌 두 자리를 확 뒤집을 정도로. 발화의 주체를 여성으로, 대상을 남성으로. 가장 흔했던 예시를 들자면 '나는 남자가 사무실의 꽃이라고 생각한다' 등등. 다시 캐시 홍의 말을 빌리면 가차 없이 찰나적으로, 억지로 일으킬 수 없다는 점에서 오르가슴과 마찬가지로 작용하는 농담. 그렇다면 농담과 마찬가지로, 가차 없이 찰나적인 순간을 일으키는 그 행위의 무게는 어떨까. 박사논문으로는 바로 그 무게를 측정해보겠다고 결심했었다. 그때그때 가장 재미있게 주워들은 이야기들로 강연 날 모인 사람들을 최대한 재미있게 해주다가, '여자들이 맨 마흔 살로 욕망을 유예하는 습관이 있다' 하며 잔소리를 하려고 내뱉던 말에 정작 내가 걸려 넘어지고 일 년 뒤.

어떤 결정을 두고 고민하는데 귓가에서 들리는 말에 체념 섞인 승복을 할 때가 있다. 잠자코 생각해보니 그 말이 이제는 꼭 타인 같은 내 입에서 나왔다고 한다면 더더욱 거역할 수 없다. '소리 내어 아델 읽기' 수업이 끝나고 두 달 뒤부터 여자들에게 보낸 편지 「코로나 시대의 사랑」에다 레즈비언을 이렇게 정의한 적이 있다. 레즈비언은 여자가 자신 안에 다른 여자의 자리를 최소한 하나 포함하고 있는 멋진 정의이며, 이때의 여성은 자기 자신을 포함한다. 클로디아 카드는 여성혐오가 기반인 이 사회에서 다른 여자를 사랑하는 일은 심층적인 자기애를 거쳐서 가능하다고 말했고 프리다 칼로는 나의 뮤즈는 나다, 나는 내가 잘 아는 주제이며 내가 더 잘 알고 싶은 주제라고 말했다. 뮤즈와 화가가 이젤을 사이에 두고 당신이 나를 보는 동안 나는 누구를 보았겠느냐며 나누는 대화의 불꽃은 이후에 침실에서 일어나는 에로티시즘과 분리할 수 없다. 그러면 모놀로그도 대화의 최소 단위일 것이고, 오토에로티시즘이라고 불러도 무방할 프리다 칼로의 문장은 레즈비언 버전을 거쳐서는 우리의 뮤즈는 우리다, 라고도 번역할 수 있다. 자기 안에 자기 아닌 청자를 품고 다니는 사람도 있고 자신과 별개로 보였던 화자가 낯설어 보이는 바람에 곧장 알아차리지 못했던 청자인 적도 있다.

편지의 이 부분은 때로 '자기 자신을 사랑하는 일도 한 명의 여성을 사랑하는 일이니까 타인을 돌보는 역할을 그만두고 스스로(나) 돌보라'는 결론을 도출하고 싶은 사람들에 의하여 인용되기도 했다. '여성 역시 타인이 아니냐' 하는 말들로 인하여 여성이 다른 여성을 돌보는 차원, 여성이 다른 여성에게 자원을 분배하는 차원이 펼쳐지기 전부터 자꾸만 기존의 차원으로 흡수되기도 했다. 이런 주장은 여성의 세계를 자폐에 머물게 한다.

남성 중심 사회에서 이성애 남성과의 섹스에 대한 대안이
자위를 통한 기쁨의 발견에서 애써 멈출 때처럼. 독백도
대화의 일부라고 한 말을 가지고 가능한 모든 대화는
독백이라 애써 오해하는 것처럼.

　공중에서 아슬아슬 줄타기를 하는 사람을 비추는
카메라를 내려보면 실은 겨우 한 뼘 아래 들판이 펼쳐져
있다. 들판으로 착지한 사람에게는 방금까지와는 다른
시간이 펼쳐진다. 독백이 대화의 일종이라면 대화에서
독백 이외의 부분이 여자의 일생에 펼칠 수 있는
가능성은 만화경만큼 무한할 것이다. '마흔 살로 욕망을
유예하는 습관.' 나의 귀에 남았던 이 말은 다른 여자를
위해서 뱉은 씨가 틔운 거였다. 갈 수 있는 상위 대학을
포기하고 지역 내 대학에 진학한 일을 한으로 삼거나
집안에서 강요한 직업 대신 다른 진로를 고민하는
여성들에게 점수를 충분하게 남겨 안전히 착지하는 대신
점수가 모자랄지도 모르지만 위로 배팅을 하는 방식으로
이동한다면 어떤 일이 일어날까 알아보라고, 합리적이자
유일한 선택이라고 믿는 전략이 사실은 두려움에서
비롯되었을지 모른다고, 절차와 용어가 낯설어 지레 겁을
먹었다면 금세 익숙해지니까 가야 한다고. 집안의 만류,
때로는 폭압에 막혀 좌절했다가 서울로 다시 진학을
꿈꾼다는 여성들이 꿈을 말하는 동시에 자꾸만 내

귀에는 영 이상하게 들리는 우회로를 실현의 방안으로
제시할 때 나는 그렇게 주장했다. 가고 싶은 길을
관념만으로 통과할 수 없고 원하는 바를 실현하기를
그저 미루는 대신 비용과 시간이라는 물질을 투여해야만
한다, 우리는 몸을 가진 인간이다. 그러나 나를 포함한
젊은 여성들은 사실은 자신이 가진 가장 핵심적인
욕망을 실현하는 때를 기약 없이 유예하면서도 막상 그
발화를 하는 시점에는 제법 분명해 보이는 미래, 즉 마흔
살로 미루어두는 경향이 있었다. 이 꿈을 실현하겠다는
계획은 진짜 같지만 영영 진짜가 못 되기도 하고
그렇다고 가짜라고 하기에는 진짜라고 볼 수도 있다.
어떤 여자는 분명하게 이성애자였던 동시에 언제나
레즈비언이었던 것처럼. 첫 책을 낸 즈음 강연에서 쓰던
마흔에 대한 농담은 그런 맥락에서 나왔다.

　나도 스물네 살에 '혹시 마흔 살쯤 아주 운이 좋다면'
하고 중얼댄 적이 있었다. 내 경우 그 대상은 무려,
구체적이게도 페미니즘 강연이었다. 그때가 된다면
한 번쯤 마이크를 쥐어볼 수도 있을까. 한 치 앞을 못
봤다. 마흔 살이 아니라 그다음 해부터 쉴 새 없이
말하게 되었다. 현실에 아직 끼워 넣을 자리를 찾지 못해
비현실적이라고 불리는, 곁에 있어도 없는 취급을 받는,
그러나 마흔 살을 단서로 붙이기만 하면 당장이라도

줄줄 서술될 수 있을 만큼 뚜렷한 윤곽을 한 욕망의
여성성 역시 첫 책을 낼쯤 쓰던 레퍼토리의 일부였다.
탈코르셋을 한 여자는 십 대 아니면 사십 대로 보인다는
이야기는 그 운동이 가장 맹렬하던 시기인 2018년에
했다. 탈코르셋 운동을 일 년간 탐구한 책을 내면서
실제로 아주 어린아이 취급을 받거나 아줌마 소리를
듣는 이십 대들이 있었음을 관찰해서 한 농담이었다.
이들이 탈코르셋을 통해 유예했던 욕망을 실현하는
서사는 여성들이 폐경을 맞고 자신을 찾는 서사와
겹쳐진다. 그러니 여자들이 자신의 욕망 실현을
미루는 마흔이란 더 이상 여자가 아니라고 여겨지는
시기와 맞닿아 있을 것이다. 그전까지는 여성이라는
숙제devoir를 지속해야 하기 때문이다.

　근처에서 서성대고만 있다가 해치우자고 다짐하게
된 나의 숙제, 연구계획서는 "웃으려면 둘은 필요하죠"
하는 한 레즈비언 영화의 대사에서 시작한다. 프랑스
영화 「타오르는 여인의 초상」의 대사를 따와 알아보고자
하는 건 여성이 사적인 삶을 최소한 한 명의 여성과 꾸릴
때, 하나의 삶에 여성이 복수로 존재할 때 생겨날 수
있는 가능성이다. 다양한 가능성 가운데에서도 물질적
토대, 경제에 주목하고 싶었는데, 독백도 대화라지만
복수성aux plurielles에 집중하는 만큼 이 경우에만은 '한

명도 두 명이다' 하는 문장은 성립하지 않는다. 만일 이
문장이 긴장을 발생시킨다면 가부장제 사회가 여성과
여성 사이를 회피적인 관계로 설정한 규칙 때문일 수
있다. 흑인 페미니스트 퍼트리샤 힐 콜린스는 분할하여
통치하는 것이 압제의 기제라고 했다. 여성도 인종과
같이 구별을 위해 만들어낸 사회적인 범주이므로 여성
범주 내부에서도 분할하여 통치하는 규칙이 존재한다.

　"레즈비언은 여자가 아니다"라는 문장을 남긴
위티그는 이론가로서, 관념의 세계에서 비유로서
이런 말도 했다. "레즈비언은 도망 노예다." 그렇다면
남성에게서 착취를 당하는 계급을 부여받은 사람이
최소한 두 명 모여서, 사회를 이룰 수 있는 최소 조건을
충족할 때, 계급 위반이 일어난 이들의 물질적인 토대는
실제적인 삶 속에서 어떤 모습을 할 것인가.

　점한 공간, 가지는 자원, 발휘하는 힘, 감각하는
시간성에 주목한 나의 가설은 이 땅에 컴퍼스로 찍은
한 점 같던 여성의 입지가 컴퍼스가 그리는 원처럼,
내내 수축되어 있다가 한순간 펑 하고 펴지는 만화경
같아지지 않을까 했다.

　'두 사람 이론'이라고 부르는 나의 가설이 그리는
모양도 비슷하다. 무지개와 같은 호선 두 개가 맞붙어,
에스 자를 그린 다음, 서로를 잠그면서 만들어내는

단단한 원. 가정 내에 흐르는 자원의 망에 속한 어떤
여자가 상속 재산에 눈독을 들여서라도 한밑천 해주고
싶어지는 다른 여자와 눈이 맞아 행동을 촉발하고,
그 여자와 손을 맞잡을 때. 마주 보고 껴안을 때. 한
여자의 한쪽 팔에서 다른 여자의 다른 쪽 팔로 흘러
나가는 가정 내의 자산. 두 구체적인 여자와 그들의
구체적인 반원 두 쌍이 만들어내는 회로는 가부장제
내에서 여자가 다른 가정의 남자에게로 편입되면서
만들어내는 흐름과는 다른 방향일 것이다. 가정 내에서
한 남자로부터 다른 남자에게로, 수직으로 흐르는
재산이 집안이라는 울타리를 벗어나는 변화를 이루기
위해서는 달 밝은 밤에 딸이 맨손으로 탈주를 감행하는
이야기와 그 용기에 대한 의미화만으로는 안 된다.
여자가 여자와 사랑하기 위해 약속된 모든 걸 버리고
가난을 택하는 낭만적인 서사는 잘못되었다. 여자라는
성별에 약속된 것은 괄호 속 마이너스(-)이다. 가정
내에 축적된 비시장적 자원을 건드리지 못하고서는
여자가 코딩을 하든 주식을 하든 언제까지나 부스러기만
만지는 셈이다. 그러나 마이너스가 두 개 붙으면
플러스로 바뀐다. 음의 기호가 양으로 전환되면 가정
내에서 독립된 세대를 구성할 수 있는 존재감이 비로소
드러난다. 가부장제가 허락하는 노선을 여자 혼자서

이탈하는 이야기의 이면에는 그 가족과 무관한 한 여자가 대문 근처까지 진입해 있으나 그 둘이 이성애 가족에 일으키는 균열은 감정적인 측면밖에는 조명되지 않았다. 위험하게 죽거나 안전하게 말라가거나. 남자와 살기는 싫고 혼자 죽기도 싫은 여성이 어떤 여성과 사적인 관계를 맺는다면 자원은 그들이 맞잡은 팔로 흘러 나갈 수 있다. 그러니 웃음을 일으키기 위해서만이 아니라 아버지에게서 아들에게로 내려오는 막중한 자산을 그 외부로 퍼 내보내면서 가부장제의 철로를 탈선시키기 위해서도 적어도 두 명이 필요하리라는 결론. 두 명의 관계 안에 있는 것은 섹스여도 좋고 로맨스여도 좋고 그 둘이 처음부터는 그 관계가 아니었든 이제는 더 이상 아니든 아무려나 좋지만 여하간 배타적인 사적 세계를 이루는 구성원으로서 실존해야 했다.

페미니즘을 위한 정치적 목적을 위하여 레즈비언이 되어야 한다는 입장도, 안락한 중산층 가정을 버리고 레즈비언으로 살아가는 용기를 칭송하는 서사를 따르는 입장도 아닌 나의 연구는 '레즈비언 경제l'économie lesbienne'라는 단어로 설명할 수 있었다. 수많은 질문을 한 줄로 요약하면 다음과 같다. 레즈비언으로의 추락은 반드시 낙하인가?

사랑에 빠진다tomber amoureuse[이 표현의 동사는 불어로 넘어진다, 떨어진다는 뜻을 가지고 있다]는 표현에서 알 수 있듯 한국어로도 위에서 아래로 내려앉는 감각의 방향은 레즈비언 관계에 한하여 흔히 사회경제적인 지위의 추락과도 연관되어 있었다.

　　대략 이런 내용을 담은 연구계획서를 아주 짧게 번역하고 싶었던 날에는 이렇게 썼다.

박사 연구계획서Projet de thèse du doctorat
LEE MIN GYEONG

질문　　일제강점기에 왜 조선인은 일본인과
　　　　결혼하지 않았는가?

주장　　인종은 젠더나 섹슈얼리티만큼 본질이
　　　　아닌 범주이며, 본질은 자연화됨으로써
　　　　질문의 대상이 되지 못한다.

문서의 끝La fin de document

레즈비언으로의 돌입은 이성애가 독점한
정상성으로부터의 이탈이다. 이는 많은 상실을
예견하게 한다. 가진 걸 내놓고, 무언가를 얻을 수 없게
되고, 입지가 낮아지고 또 작아지게 될 것이다. 그런데
내 경험은 너무 달랐다. 이따금 골치 아픈 것들이야
있었지만 행복했다. 행복은 팽창하는 양(+)의 감정이다.
늘어나고, 확장되고, 커지게 한다. 푸드덕거리는 새들은
시시때때로 날아올랐다. 이성애 규범에 갇혔던 시간은
무한에 가깝게 팽창했다. 아무리 결정했다고 해도
임신과 출산에 몸을 열어두게 하는 구조의 힘은 삶에
대한 어떤 확연한 판단 앞에서도 약간은 멀어지게 했다.
언제 숙제가 떨어질지 모르는 대기조의 감각은 임신과
무관한 섹스를 하면서부터 끝났다. 주관적인 세계에서
내가 잃은 건 없었다고 단언해도 무방했다.

  그런데 레즈비언 관계는 추락과 쉽게 연결 지어진다.
기차는 처음에 불길한 예감을 증기처럼 내뿜으며
출발한다. 두 명의 여성을 실은 객차가 터널 속으로
빨려 들어갈 때의 완벽에 가까운 황홀감은 오지 않은
처벌을 기꺼이 감수하게 한다. 터널을 나오면 깊은
쪽빛 위에 햇볕이 설탕같이 반짝이는 해변과 난데없는
해바라기 떼가 창밖으로 지나가며 달콤 짭짤함을
보여주다가, 예감을 비극적으로 현실화하며 벼랑에서

떨어진다. 이 구조가 익숙한 까닭은 여성 간의 성애를 다루는 소설과 영화가 쾌락에 따르는 불행(-)이라는 응분의 처벌을 받는 결말로 향하지 않으면 사회적인 비난에 휩싸였던 역사 때문이 아닌가 싶었다. 현실에서 그와는 다른 경험이 아무리 많이 존재한다고 해도 때로는 가상의 두 인물의 이야기만 못한 법이다. 그래서 논문의 일부에서는 레즈비언 영화와 소설의 서사 구조를 분석하겠다는 야심도 가지고 있었다. 실제로 「캐롤」이라는 제목으로 영화화된 유명한 레즈비언 소설 『소금의 값』을 쓴 퍼트리샤 하이스미스도 비슷한 생각을 했다. 남다른 글솜씨를 가졌던 그는 추락으로 향하는 기차의 레일을 바꾸기 위해 행복한 결말을 맞는 레즈비언 커플이 등장하는 소설을 익명으로 발표했다. 하이스미스는 명성을 누렸고, 사는 동안 온갖 여자들과 재미있고 짜릿하게 살았다. 한 명의 여자와 연애하는 데서 그친 게 아니라 늘 더 좋은 것을 더 많이 추구했다. 배를 타고 멀리 다니면서 아름다운 여자들과 수도 없이 사랑했던 전기를 담은 영화는 "재미있게도 리키는 남몰래 행복을 느꼈다"라는 문장으로 끝난다. 행복. 행불행에 붙은 연산기호들은 이성애자 여성됨의 득과 실을 계산한다는 부제로 모였다. 쳄은 처음에는 연구와 네 자전적 이야기를 쓰는 건 다르다느니 레즈비언이

불행한 삶을 살 수 있다는 생각도 한 번쯤 해보라느니 하나 마나 한 뻔한 소리를 하다가 여기까지 듣고 고개를 끄덕여주었다. 고개를 끄덕인 이를 모니터 너머로는 여럿 만나보았지만 프랑스에 도착해서 정말 만난 사람으로는 유일했다.

"이야, 잘 도착했구나, 직접 만나니까 반갑다! 어때, 학교는 좋아?" 처음 만난 날 바에 앉은 그가 신입생을 놀리듯 꺼낸 질문에 쭈뼛쭈뼛 대답했다. 실은 출발 전부터 유일한 걸림돌이었던 장학금 문제가 잘 풀리지 않고 있었다. 그는 잠깐 듣더니 말했다. "야, 너 소음 좀 못 내니faire du bruits? 행정소송을 하자. 외교부에 이야기하는 거야. 조국의 딸이 이런 취급을 받고 있습니다, 하고 말해. 나는 미디어를 동원해볼게. 나 출판사 에이전트거든. 너 혹시 한국에 출판사나 그런 데에 아는 사람 찾아볼 수 없어? 시위 같은 거 말이야, 가본 적 없어?"

예, 출판사라면 가까이에 있고 시위라면은 조직도 수차례…… 그렇지만 저는 소음을 그만 만들고 싶어서 이곳으로 왔습니다…… 우리나라는 대대로 딸에게 관심이 없습니다…… 당연하게도 저를 위해 프랑스와 싸워줄 리가 없습니다…… 하고 말렸지만 그에게 들리지는 않았다. 우리는 이야기를 마치고

7호선을 같이 탔다. 7호선은 분홍색 선, 한 역maison
blanche에서 갈라진다. 흰 집이라는 뜻이다. 거기에서
우리는 각각의 방향으로 헤어질 거였다. 지하철을 타러
내려가는 동안에 여태까지의 페미니스트 경제학에
거울을 세워서 거기 채 보이지 않았던 부분을 보이게
하고 싶고, 다 담기지 않았던 부분을 담고 싶다는
설명을 이으면서 지하철에 안착. 덜컹거리는 열차 안,
냄새나는 의자에 걸터앉은 유일한 승객인 쳄과 나. 엉,
나도 말이야, 결혼하고 사는 게 아주 미치겠는 거야.
그래서 시골에 작은 집을 하나 샀거든. 숨 쉴 구석이
필요하니까 말이지…… 하면서 그도 자기 이야기를 조금
했다. 그 사이 한두 정거장 정차, 이러쿵저러쿵, 하다가
그러니까 레즈비어니즘이 그 집 자체인 거예요, 하고
대꾸했더니 반 박자 쉬고, 아하하, 그 말 좋다! 하며 번쩍!
눈동자에서 내보낸 빛은 흡사 벼락과도 같아 일순간
객차 안에서 모든 조명이 일시에 켜진 것처럼. 저렇게
눈빛이 형형한 사람이 내 말에 고개를 끄덕인다면
그걸로 일단 된 거라고 느끼게끔 하는 효과가 있다. 십
년 전 '안달루시아에 가야겠어' 하고는 그곳에 도착해
플라멩코 공연을 보았던 날, 턴을 하는 무용가에게서
뿜어져 나온 빛 때문에 실제로 정신을 잠깐 잃었던
날 말고 또 언제 이랬더라, 중얼대게 될 만큼. 또 다른

유수의 대학에서 박사를 받은 그에게 아니 그러니까요,
선생님은 지도 학생 안 받으세요? 물으니 쳄은 검지로
제 얼굴을 톡톡 건드린 다음, 성미만큼 급한 속도로 원을
얼굴 앞에서 한 바퀴 그리고, 손가락을 볼에 멈춘 채
입으로 바람 빠지는 소리를 냈다. 검은 피부.

　"하얀 것들les blancs." 파리와 그 근교에 살면서
인종주의와 성차별주의에 대항하는 활동을 하는
친구들은 비건 음식으로 한 상 차려놓고 파티를 하는
날마다 백인을 여지없이 그렇게 불렀다. 이런 단어는
피부색에 따라 취급받는 일상에 대한 정치적인 반격을
담은 저항 발화이기도 할 것이다. 한때 우리가 같은
집단을 두고 붙였다던 색목인이라는 단어와, 그것을
듣고 까만색은 색이 아니냐? 하면서 그들이 느꼈을 묘한
모욕감을 떠올려보노라면. 발화를 하는 주체에 의한
대상이 되는 일은 늘 있다. 호명은 그 의도가 어떻든 간에
조금 공격적으로 느껴지는 법이다. 그래서 어느 부족은
사람의 이름을 부르지 않는 게 예의라고 하지 않던가.

　하지만 정말로 짜증과 한심함을 담은 저속한
표현이기도 할 것이다. 프랑스와 프랑스어를 별개로
생각해온 만큼 백인에 대해 이렇다 할 감정을 갖지 않고
살아왔기에 어느 날에는 이 친구들과 약간 거리를 두고
'글쎄' 하는 마음을 감추고 앉아서 그저 구아바주스를

쪼록 따라 마시게 된다. 친구의 집에는 내가 몹시
싫어하는 사과생강주스뿐 아니라 이 주스도 늘 구비되어
있다.

그러다 재즈 바에서 사과주스jus de pomme 하나, 하고
주문하는데 푸하하, 하면서 하나도 못 알아듣겠다고
하다가 몇 번의 실랑이 끝에 아! 사, 과po-mme-! 하고
구아바goyave까지도 못 가는 가장 기본적인 단어의
발음을 따라 해보라면서 가르치려 드는, 목뒤가 늙은
두더지 같은 대머리 웨이터 새끼를 만나기라도 하는
날에는 급격히 친구들 쪽으로 붙어 앉게 된다. 구아바는
프랑스가 식민지로 삼은 마르티니크의 특산물이다.
친구의 냉장고에 그 주스가 떨어지지 않는 이유도 그
때문이다. 주스를 따르는 쪼록 소리에 가져다 댔던
마이크를 마르티니크의 역사를 공부하는 친구의 친절한
설명 쪽으로 슬쩍 틀어서 옮긴다. 이 마음의 시소는
나밖에 모른다. 하도 늘어놓은 음식의 가짓수가 많아
나 혼자 이름 붙인 '비건돼지파티'라는 작명 역시 그럴
줄로만 알았는데, 구글 번역의 발전으로 들키게 되었다.
알제리에서 온 친구가 대부분이고 알제리가 프랑스의
식민지였기 때문에 모두가 공통적으로 프랑스어를
쓰는 이 집단에서 돼지는 엄청난 모욕으로 쓰인다.
프랑스에서는 성적으로, 알제리에서는 인격적으로.

친구들은 이따금 내 행방을 인스타그램으로 염탐하곤
했는데, 어느 날 내가 올린 사진의 캡션을 눌러
번역해보고 받은 충격을 "그런데 구글 번역이 아직은
발전하지 않은 것 같아" 하고 에둘러 표현했다. 잘못한 게
없으면서도 아차 싶었던 나는 한국에서 돼지파티는 그저
부러움을 불러일으키는 표현일 뿐이라고 안심시켰다.
그러니까 떡볶이 같은 거 많이 시켜놓고 성인병
돼지파티, 라고 부르는 그런 게 있다면서…… 설명을
위해 성인병을 언급함으로써 점점 확실시되어가는 나의
음해 공작을 오해라고 설명하느라 애를 좀 써야 했다.
    이 파티에 초대된 경위는 의미심장했다. 프랑스
입국 이후 내 주된 일상은 쳄에게 말한 장학금 문제를
비롯해 프랑스의 각종 행정에 스트레스를 받고 누워
있는 것이었다. 그러던 어느 날 발신인 '.'으로 "당신이
프랑스에 도착했다는 사실을 알고 있다"로 시작해
주소와 전화번호를 불러주는 메일을 받았다. 겁도 없이
주소대로 찾아가 전화번호로 문자를 보냈더니 철로
된 대문이 열렸고, 레즈비언과 페미니즘 도서, 시위
포스터로 두른 벽이 어쩐지 친정에 온 느낌, 그렇지만
프랑스식 볼뽀뽀 인사bisous, 여러 번의 비건돼지파티,
그렇게 해서 데클릭 카페를 지나쳐 들어오면 언제든
누울 수 있게 된 바로 그 침대.

"그 얘기 좀 해줘. 너도 그 시위에 갔어? 어떻게 그렇게 많은 사람이 테트리스처럼 앉아서 시위를 해?" 불법 촬영에 반대해 서울 혜화역에서 열렸던 '불편한 용기' 시위를 유튜브로 본 친구들은 무엇보다도 수만 명이 자리를 잘 지키고 오랜 시간 앉아 있을 수 있다는 사실에 가장 감명을 받았다. "프랑스는 열 명만 데려다 놔도 난장판이 될 거야." 사실은 몇 번 가지 못한 시위였지만 나는 으쓱했다. "자리만 잘 지키는 게 아니고 앉아 있다 보면 사탕도 주고 초콜릿도 줘." 친구들은 한 번 더 감탄했다.

시위에서 초콜릿과 사탕을 돌린 이유도 비슷하겠지만, 먹는 걸 나누어주는 건 가장 쉽게 친구가 되는 방법이다. 이 친구들에게 비상식량인 미숫가루를 주었더니 처음에 그들은 예의상 "우와, 아주 멋진 가루"라고 웃으면서도 약간은 떨떠름해했다. 하지만 다음 달쯤 만나니 슬쩍 다가와 손으로 입을 가리고 '그 가루'를 좀 더 받을 수 있겠냐고 물어왔다. 돈은 당연히 지불하겠으니 걱정 말라며.

"서양 애들은 떡 안 좋아해. 걔네는 빵 먹어 버릇해서 쫄깃한 질감을 이상하게 여긴대." 한국 음식으로 외국에서 장사를 하겠다고 해보았다면 한 번쯤 들어보았을 만류의 레퍼토리다.

레퍼토리répertoire는 사실 연주의 목록이다. 비슷한
상연 목록으로는 프랑스어 배워보려고! 에 대한 "영어나
제대로 해"가, 오 년쯤 전에는 결혼 안 할 거야, 에 대하여
"그렇게 말하는 애가 제일 먼저 한다"가 있다.[지금은
"그래, 남자들 제대로 된 놈이 없으니까 차라리 혼자
살아"로 바뀌었다는 소문이 있다.] 레퍼토리라는 단어에
대해서는 공연에서 써야 하는 단어를 일상에서 잘못
쓰는 용례라 소개한 기사도 있지만 인간의 말이 몸으로
하는 연주라고 생각하고, 연주한다jouer라는 단어가
'놀다' '연기하다'를 아우른다는 점까지 떠올려본다면
오히려 이보다 제대로 알고 쓸 수가 없는 단어 같다.
어떤 사람이 희망에 부풀어 프랑스에서 떡볶이 해볼까,
하자마자 다음 말을 준비하기 위해서 부풀리는 상대의
가슴이 아코디언 같다고 느껴지면 더 그렇다. 그럴 땐
신속하게 그 허파를 쿡 찔러서 바람 빼버리고 싶다.

언어를 잘 쓰는 사람에게 할 수 있는 찬사로
유창하다는 말이 있다. 유창성fluidité은 유속과 관련
있고, 유속은 유량과 관련 있다. 막힘이 없고 매끄럽게
이어지는 흐름이 속도를 만들어낸다. 이를 위해서는
입을 열었을 때 단어가 수도꼭지로 물방울이 똑똑
떨어지듯 나와서는 안 되고 지속적으로 콸콸 나와야
한다. 그리고 그러려면 무언가 쏟아내는 순간이 오기

이전에 귀를 열어 액체를 많이 담아두어야 한다.[화용론 페미니즘le féminisme qui fait parler이라고, 나는 여자들이 얼마만큼의 페미니즘 어휘와 문장을 들으면 페미니스트로서 발화를 시작하게 되는가 측정하고도 싶었다. 몇 년 뒤 미국으로 박사 유학을 가면서 언어학자가 되는 친구와 동네의 한 아이스크림 집에서 나눈 이 아이디어를 떠올리자면 늘 어느 워터파크에 있는, 일정 수준 이상으로 차오르면 담긴 물이 아래로 한 방에 쏟아지는 해골의 이미지가 떠오른다.] 유창성을 늘리기 위해서는 한 단어를 놓쳤다고 해도 공백으로 비워두고 다음 단어를 따라가서 귀를 열어 흐름에 올라타는 훈련이 필요하다. 말하고 싶은 게 있다면 방금 뱉은 단어를 마음에 들지 않게 말했다고 해도 언제까지고 그 단어만 고치고 있어서는 안 되고 빠르게 다음 표현으로 옮겨 가야 한다. 노래방에 가면 누구나 자연스럽게 하는 행위다. 가사를 덧입히는 흐름이 눈앞에서 지나가는데 놓쳐버린 마디만 붙들고 있는 사람은 없다. 그래서 언어 학습을 가르쳐야 할 때 언어는 노래방에서처럼 익혀야 한다고 말하는 것이다.

유창성을 발휘하기 위해서는 연주할 수 있는 레퍼토리를 많이 쌓아두는 편이 좋다. 말을 잘하는지 여부는 많이 지나가보아서 시작도 전에 자신감이 있고

실제로 지나가는 순간에도 별다른 어려움 없이 연주해낼
수 있는 멜로디의 수에 달려 있다. 셀 수 없이 강연을
다닌 뒤에는 귀에 담을 만한 어떤 소리도 들리지 않아
수도꼭지에서 떨어지는 물줄기가 시원치 않은 상태에서
무대에 올라가게 되더라도 탈코르셋한 여자가 십 대
아니면 사십 대로 보인다는 이야기까지는 무리 없이
할 수 있으니까. "서양 애들 떡 안 좋아해" 따위의 말로
남의 말에 초를 치는 사람들이 신나서 가슴을 부풀리는
까닭도 그저 임박한 그 연주가 수월하고, 자신 있기
때문일지 모른다. 유창하고 매끄럽게 연주에 성공하면
일종의 쾌감이 주어진다. 그러나 이것을 일상에서 쓸
때, 레퍼토리라는 말이 지닌 식상한 어감이 예고하듯,
틀린 말이 되기도 한다. 서양 사람들 이제 떡 무지
좋아한다. 파리에 가면 방앗간처럼 찾게 되는 한식당인
강남팔라펠에 가보면 알 수 있다.[편견에 가득 차
대뜸 싫다고 할 나 같은 사람을 위한 첨언: 젊은 한국
여성이 사장인 곳으로 무지 맛있다.] 그저 본 적 없던
걸 좋아하기가 쉽지 않을 뿐이다. 애초에 쉽고 쉽지
않고를 가르는 기준 자체도 세상에 노출되고 재현된
빈도와 관련 있다. 흔히 프랑스어가 배우기 어려운
언어로 정평이 나 있는데[프랑스인들이 재수 없게도
은근한 자부심을 갖는 복잡함, 정교함, 수준 높음과

같은 개념과는 무관하게], 처음 들어본 건 늘 어렵기
마련이다. 지도 교수에게 내 이름처럼.

　내 이름은 어렵지 않다. 민경mingyeong. 한국어로는
두 글자고 알파벳으로는 아홉 글자. 지도 교수는 '민'
다음에 오는 '경'을 구성하는 여섯 글자의 순서를 늘
헷갈려 했지만 내게 친절히 웃어주었다. "그래, 민.
프랑스에 오니 어때? 한국은 코로나가 심하니?" 문화의
강국, 예술의 보고 하며 파리 찬가를 돌려주는 대신 "음,
듣긴 들었는데 사람들이 마스크를 정말 안 쓰네요⋯⋯"
했더니 그는 약간 샐쭉해진 얼굴로 네 나라는 감염자
수가 어떻게 되는데? 했다. 백 명 단위일 때였다. 흠,
인구가 얼마나 되는데? 해서 오천만, 하자마자 "아하,
그래서 그런가 보구나!" 프랑스 인구는 한국보다 1.5배쯤
많고 감염자 수는 백 배 많았으니 이 대답은 이미 '얼마나
되는데?'를 말하면서부터 튀어나오려 했던, 준비된
레퍼토리다.

　그는 장학금 문제가 있는 나에게 "중국
국적자만"이라는 문장이 볼드체로 적혀 있는 메일을
전해주기는 했지만 좋은 플라멩코 선생을 알려주었다.
그러니까 '쌤쌤'. 파리의 사람들 중에서 누가
레즈비언인지도 귀띔하며 윙크를 해주었다. 어쩌면
'플러스'. 학교에 가서 이렇게 저렇게 하라고 일러준

순서를 내가 실수했을 때에도 무마해주었다. "그래서 민, 고국에서 소설가로 활동하고 있지?" 하는 물음을 아까의 오해와 합쳐보면 나를 중국인 소설가로 알고 있다는 무지가 도출되었지만 그는 용케도 내 나라에서 떡을 먹는다는 사실에는 밝았다. "민, 너희는 떡을 먹지. 다음에 네가 고향에 다녀오면 팥떡을 맛볼 수 있겠다. 논문 개요를 발표하는 날에 팥떡을 가져오면 되겠다. 그걸 나눠 먹자, 그게 아주 별미더라." 한국어로는 두 글자인데 프랑스어로는 쌀 케이크le gateau de riz에 aux빨간 콩haricots rouges이 되는 복잡한 그 단어를 정확하고 스피디하게 여러 번 말하며 그는 깔깔! 웃었다. 그러니까 장담하건대 서양인들 정말로 떡 좋아한다.

나는 초콜릿을 좋아한다. 하지만 평소에는 먹는 데 별로 신경을 쓰지 않아 한국인 친구들에게 걱정을 많이 산다. 뭔가를 써야 할 때에는 커피와 견과류가 들어간 초콜릿만으로 연명하기도 했다. 셰어하우스에 함께 살던 아저씨는 그런데 내가 왜 네 밥을 해다 바치는 거냐, 하며 투덜거리면서도 쫄면 먹을래? 팥죽 먹을래? 하며 방문을 자주 두드렸다. 아마 그로서는 내가 얄밉게 밥을 기다리거나 마땅히 해야 하는 노동을 전가하려는 기색조차 보이지 않은 채 잠자코 방에 있었기 때문에 더 불안했을지 모른다. 당연하게도 파리에 있는 동안에는

살이 점점 빠져갔다. 다만 친구들이 초대하는 날에는
많이 먹을 수 있었다. 식사를 중요하게 생각해본 적이
없었음에도 그 무렵에는 오로지 그 이유로 친구들이
불러주는, 아주 가끔 있는 그날을 기다리기도 했다. 많이
먹을 수 있겠다, 생각하면서.

　그날에는 많이 말할 수도 있었다. 이미 몇 년째 모임을
가지던 그들은 일상에 불쑥 나타난 새 친구의 등장을
반가워했다. 나는 그들이 모여 앉은 앞에서 친척들에게
전자피아노 연주를 들려주던 날 혹은 주홍색에 흰색
한복을 차려입고 동화 구연 대회에 나갔던 날처럼
이런저런 이야기를 들려주었다. 당연히 프랑스어로.
농담이 외국어의 완성이라는데, 프랑스어를 배워야겠어!
한 뒤로 외고에 들어가 불문과에 진학하고 잠깐
어학연수도 다녀와 통번역대학원까지 졸업한 보람이
있었다.

　갈고닦은 프랑스어 실력을 아시아 여성이 진행하는
스탠드업 코미디식으로 말해보면 이렇게 된다. 택시
기사가 어디에서 왔어요? 해서 한국이라고만 답하면
우선은 남? 북? 북일 리는 없겠지! 하하하! 하면서
자신의 위트를 뽐내다가 아니 잠깐만 진짜로 어디서
왔는데? 물어본다. 한국이라고요. 이어 프랑스에 얼마나
살았어요? 해서 5개월. 하면 뒤를 돌아보고, 또다시

설명을 요하는 눈빛. 말해줄까 말까 하다가 신경전이
지겨워져 통역사라고 답하면 그제야 만족하고 약 올라
하는데 고소하면서도 기분은 조금 구겨진다.

유색인 프랑스 국적자에게 어디서 왔어요? 물어보고
부르라렌이요, 하고 파리 근처에 붙은 어느 도시 이름을
대면 아하하, 하면서 말로는 대답을 하지만 하나도
호기심이 풀리지 않은 약 오른 표정. 정말로 어디서
왔냐고요? 하고 또다시 정, 말, 로 어디서 왔냐고요? 너의
선조의 뿌, 리, 가 어디냐고? 하는 질문. 아무리 대대로 그
나라에 살았다 해도 피부색으로 이방인이라고 확신하고
묻는 스탠드업 조크와 진행하는 방향은 반대일지 몰라도
도착점은 같기 때문에. 다른 방식으로 말하면 배불뚝이
중년 백인 남성이 허를 찔린 듯 어휴, 그나저나 프랑스어
끝내주게 잘하네, 하는 무의식적인 감탄을 자아내게 할
수도 있다.

이때 친구들은 이 말을 외국인에게 건네는 시혜적인
칭찬으로 알고 위로하기도 했는데 실은 그렇지 않다. 이
말은 한국어로는 '기특하게도 우리 말을 잘하네'보다는
'어휴, 저거 징그럽게 기 센 거 봐' 하면서 튀어나오는
한숨으로 번역해야 하거든. 위로하는 친구들에게 기 센
거 봐, 를 번역해서 해명하자니 골치가 아파서 놔두었다.
친구들은 내가 새로 만들고자 하는 이론의 토대와 주된

질문—레즈비언으로 바꾼/바뀐 사건이 부의 원천이
될 수는 없는가?—에 공감하며 인터뷰를 수락했다.
지도 교수가 나를 중국인 소설가로 오해한 레퍼토리에
대해서는 반복할 때마다 똑같이 야유해줬다.

　그리고 크리스마스. 친구들은 진작부터 계획해둔
여행이 있어 남쪽으로 떠났고 나는 집에 남았다. 집
앞 빵집인 미스 파이miss. π에 들러서 캐러멜 슈를 사
왔다. 무슨 수를 써도 완전히 닫히지 않아 찬바람이
그대로 들어오는, 방과 밖이 그다지 구분되지 않던 창문
밖으로는 불꽃놀이가 야단이었다. 그 무렵 한국에서는
온라인으로 만든 서로의 트리에 방문해 카드로 트리를
꾸며주는 게 유행이었다. 저녁에 아저씨는 자기 방으로
나를 불렀다. 우리 집에서 에펠탑이 보인다는 집안의
비밀을 뒤늦게 알려주기 위함이었다. 아저씨가 평소
삼겹살도 구워 먹고 동치미도 담가 먹는 널따란 방에는
작은 방이 하나 더 있는데, 그곳에는 요상한 분홍 불빛이
상시 켜져 있다. 바깥에서 이 불빛을 보고 정말 궁금한데
뭘 하는 곳이냐고 물어본 사람도 있었다고 한다. 그
불빛은 애지중지 기르는 식물들을 위한 것이다. 그리로
초대받아 들어서자 정말로 에펠탑 끄트머리가 보였다.
이게 왜 가능하지? 머릿속에 갓 생겨난 파리 지도로는
단숨에 이해되지 않는 광경이었다. 방으로 돌아와서는

내 트리도 열어보았다. 많이 드세요, 건강하시죠,
좋은 소식 들었어요, 고되신가요, 덕분에 레즈비언이
되었는데, 하는 인사들과 우리 앞으로도 비밀을 많이
만들자, 하는 메시지가 영롱한 방울처럼 매달려 있었다.
히죽. 그러자, 하고 웅얼웅얼 대답하며 하나 남겨둔 슈를
마저 먹었다.

　새해. 프랑스에서 새로 사귄 친구들이 여행에서
코로나에 걸렸다. 모이는 대신 메신저로 새해 인사를
나누었다. 잘 지냈어? 이제 겨우 해결됐어. 학교 다니게
됐어. 축하해. 잘됐다. 지도 교수는 아직도 네 이름
헷갈려? 응.

　한국 친구들과는 인스타그램으로 통화를 했다. 응,
장학금 때문에 미치지. 어느 정도 해결은 됐는데 자꾸만
똑같은 소리를 해. 여기 행정이 그렇지 뭐. 꼬이고
꼬이고…… 그러니까. 야, 나한테 중국인 소설가냐고
그런다니까? 나는 또 거기다 대고 참기름을 갖다주겠다고
대답을 했어요. 그래도 이제는 괜찮을 것 같아…….

다음 해 4월.

　샤틀레 역에서 방금 살해당할 뻔했다.J'ai failli mourir à
la station de Châtelet il y a une demi-heure.

목발 짚은 백인 남자 걸인이 나한테 구걸하러 와서
미안하다고 말했는데 마스크 때문에 안 들렸는지
시비를 걸고 싶은 건지 나한테만 와서 좋은 저녁
보내라더니, '사람이 말하면 대답을 해라, 존중을
보이라고.' 아직 열차는 들어오기 전이었는데 더
다가와서는 '사람 많아서 행운인 줄 알아라, 안 그러면
저기로 떨어뜨리려고 했다' 하며 짚고 있던 목발로
레일을 가리켰다. 주변의 아무도 그놈한테 대답하지
않았다. 대답했는데요, 같은 말은 하기 싫어 눈을 똑바로
쳐다봤더니 그렇게 보지 말라면서 목발을 내던져가며
시비를 걸었다. 열차 들어오기까지 2분 남았고 눈에
띤 살기를 보아하니 정말로 밀겠구나 싶어서—이
망할 나라는 스크린도어도 모른다—열 받지만 눈을
돌렸다……. 아오.

　　아시안 증오범죄 한 건이 이렇게 미수에 그치는구나
하면서, 이렇게 해서 죽으면 그래도 노숙자를
존중했어야지 그 여자가 싸가지 없게 굴었나 보지 하는
소리가 얼마나 들려올까 하면서. 정신이 아득했다.

　　아시아 여자에게 특정 이미지가 덧씌워진다는
문제야 진작 알고 있었다. 그런데도 공공장소든 어디든
당연하게 교정의 대상이 된다는 게 너무 열 받는다. 여기
와서 외향적으로 살아라 복종하는 태도를 버려라 하는

별별 조언을 다 들었다⋯⋯. 이 나라가 오만하고 거드름
피우는 이미지 은근히 자랑스러워하는 거 아는데 내가
자기네랑 비슷하게 무심하게 사는 건 못 봐주겠나 보다.
오늘은 미수로 그치지만 앞으로는 어떻게 될지 모르겠다.
행여라도 이런 소리가 들려올 일이 생긴다면 닥치라고
한마디씩 부탁합니다, 미리 유언.

반과거를 쓰는 이유는 과거의 사건을 묘사하기 위함에도
있지만 어조를 완화하기 위함도 있다. 현재는 난폭하다.
너무 생생한 것의 특징이다. 듣는 상대를 배려하기 위해
우리는 현재를 약간 비껴난 과거로 만들어주기도 한다.
언젠가 그렇게 하고 싶었는데voulais, 하는 비현재의
형태를 띠고는 있지만 과거가 아니라는 걸 청자도 알 수
있는 용법이다. 그런데 반과거는 하고자 하는 이야기의
배경을 형성하는 기능을 하기에 반과거만으로 쓰이는
이야기는 있을 수가 없다. 나는 결혼을 하고 싶었는데,
그 애가 나에게 걸어와서, 우리가 광장에 있었는데, 하는
말을 얼마든지 할 수 있지만 종래에는 복합과거와 같은
시제를 쓴 문장이 한 줄쯤은 필요하다. 이에 비하여
복합과거는 전경. 배경 앞에 분사의 강세déterminé처럼
내리 찍히는 스타카토로, 완료된 행위에 쓰인다.

화를 참아 철길 아래로 추락하지 않았던 다음 날 나는
자퇴를 결심했다.

넌 그때 늘 당황하고 긴장해 있었지 Tu avais l'air frustré.

　작년에 너희를 처음 만날 때 어땠어? 물었더니 친구가
답했다. 나는 놀랐다. 인식 속에서 나는 언제나 오랜만에
쓰는 외국어로도 제법 유창한 농담을 해가며 그들을
웃긴 사람일 뿐이었다. 그러니 채 단어를 찾지 못한
경험도 어떻게든 새어 나가는 모양이다. 그러고 보면
한국에서도 같은 말을 들은 적이 있다. 내가 살면서
발견한 가장 똑똑한 사람에게. 너? 너는 얼굴에 슬픔이
가득했지. 스스로 명랑하게 살고 있는 줄만 알던 무렵의
이야기다. 행복이 이성애 정상 가족을 꾸리는 기획을
완성해야만 얻어지는 감정이었고, 완성하는 데 실패하면

큰일 나는 줄로만 알았고, 그 외의 감정에 대해서는 알아낼 줄을 몰랐다. 레즈비언이구나! 한 이후 다시 만나니 그는 내가 입을 떼기도 전에 이렇게 말했다. 너, 너를 인정한 모양이구나. 감출 생각은 없었지만 어떻게 말해야 좋을지를 모른 채로 이어지는 원통 같은 시간을 분절해낸 외침. 변인은 구체적인 실체를 가진 한 명의 타인. 타인보다 상이한 자아들을 꿰어나가는 서사의 타래 안에서 채 드러낼 수 없었던 부분과 허락된 부분은 서로 분열하고, 한 명의 사람 안에도 상이한 범주가 교차한다. 그러니까 내부의 차이라는 표현은 꼭 집단에 대해서만 쓸 수 있는 건 아니다. 채 언어로 설명해낼 수 없던 것도 보인다면. 지금부터는 익숙한 이야기의 낯선 배면.

어떤 장면은 마음속에 제멋대로 들어온다. 꼭 간투사interjection같이. 말이 되어 나가기에는 이른 물질에 가까워서 일단은 꺼내기도 어렵지만 꺼내놓는대도 볼품이 없다. 간투사는 말하는 이의 본능적인 놀람이나 느낌, 부름, 응답 따위를 나타내는 말의 부류를 뜻한다. 아, 어. 하는 등의. "나 오늘 자고 일어나자마자 걔 얼굴이 떠오른 거야." 말하자 파리보다 아래에 있는 리옹에서 방 한편을 내어준 게이 친구는

어깨를 으쓱, 한다. "그래서? 걔랑 연락하는 것도
아니라며." 간투사는 구어에서 별 뜻 없이 의미 단위의
사이에 집어넣는 용도로 쓰이는 품사다. "내가 리옹에서
자고 일어나자마자 개 얼굴이 떠오른 거야." 레즈비언
친구들은 말한다. "허, 그건 아주 심각한 건데." 간투사는
감탄사, 감동사라는 품사와 함께 묶여 감탄, 놀람, 느낌,
응답을 나타낸다.

  말이 되지 못한 웅얼거림, 이라는 표현을 읽은
적이 있다. 여성에게는 목소리가 없다, 는 문장을
절감하면서도 침묵당한 존재들의 유일한 여가가
수다라는 아이러니에 한참 헷갈릴 무렵. 그것을
요약하는 문장은 '하위주체는 말하고 있지만 말할 수
없음'. 언어화할 방법을 몰라 넣어둔 장면이 헐거워진
의식의 장막 사이로inter 스스로 던져지는jeter 소리가
웅얼거림이라기엔 온전하고 분명한 통사를 갖춘다면.
그러니까 술 퍼마신 다음 날 확인하니 내가 보낸
메시지가 길기도 할 때Tu as ri bcp quand tu te moquais de ta
soeur et je me rappelle de ton rire de temps en temps. Ça me donne
envie de vivre un peu plus. 말할 수 없는데 말하고 있음.
그렇다면 말을 웅얼거림으로 만드는 것은 누구일까.

  웅얼거림인지 말인지 헷갈릴 수조차 없게 목소리가
아예 나오지 않았던 날이 있다. 하필이면 새로 만난

동료들과 새로운 방식으로 투쟁하기를 몹시도 기대했던
날이었다. 의자를 동그랗게 두르고 앉아 페미니즘
발화가 활발했던 트위터에 떠오르는 의제를 다루는
시간에 한 동료는 탈코르셋 운동에 대해 이렇게 말했다.
"왜들 70년대 얘기를 하고 있어." 잠깐 떠올랐다가
사라진 정치적 레즈비어니즘에 대해서는 "진짜
레즈비언분들이 어떻게 생각하시겠어요." 마무리는
"나는 참 요즘 하는 이야기를 따라갈 수가 없어. 도무지
알아들을 수가 없어요."

　그렇게 말하는 이들과 나 사이에는 벽이 있었다. 그
벽은 본질적인 성질은 아니겠고 흉내 내기로 한 역할의
차이에서 만들어졌을 것이다. 모든 건 놀고자 하는
역할의 문제이기 때문에. 1970년대 미국을 살아보지
않은 한국인 선생님을 따라 하는, 70년대도 미국도 아닌
90년대 한국 학생들. 예일대에서 특강을 온 한 백인
교수는 그들과 함께한 뒤풀이 자리에서 이렇게 말했다.
"아, 70년대가 드디어 도착했군요!"

　그 교수는 학교에서 탈식민주의를 배웠을 뿐
아니라 박사과정에 입학하며 에스오피도 썼을 것이다.
선생님, 저는 에스오피가 무슨 뜻인지 모르겠어요.
그래서 아마도 유학은 못 갈 것 같아요. 나는 한
선생님과의 통화에서 우는소리를 했고, 그는 말도

안 되는 소리라면서 된통 혼냈다. "에스오피 그냥 자기소개서야!" 그러고도 한참 뒤에 남들에게 '그러니까 여러분, 마흔 살로 미루지 말고 지금 하세요' 잔소리를 하다가 말고 문득 이상한 우회로를 찾아서 도망가는 건 나도 똑같구나 생각하고. 그래서 이 벽을 정말 넘기는 넘어야겠다고 승복하듯 원서를 쓴 거였다.

대학을 지원할 때에도 그 모든 입시 전형의 이름을 읽으면서 비슷한 감정이 들었다. 대학을 입학하고 나서도 학부에서 종종 들려오는 에스오피니 지알이니 하는 단어는 거북하고 두려운 마음을 불러일으켰다. 이 모든 것을 당연하게 사용하는 동기들의 말을 들으면 주눅이 들었다. 유학이라는 두 글자는 내게 언제나 너무 비쌌고 그런 만큼 멀어서 내 것이라고 감히 생각할 수 없었다. 그러면서도 마음 한편에 괜히 앉아는 있었다. 그 사실이 나를 한층 더 두렵게 만들었다. 열렬하게 열망했다고 보기도 어렵고 완전히 무관했다고 볼 수도 없었다. 위화감이라고 요약해볼 수 있는 이 감정은 중산층 아님에서 왔을 것이다.

대학 내에서는 나의 계급을 가지고 의견이 분분했다. 때로는 한 사람의 이야기 안에서도 입장이 나뉘었다. 문화적으로는 어쨌거나 중산층이라고 했다.(그러니까 아니긴 아니라는 소리였다.) 내가 무언가에 가슴

답답해하면 그게…… 네가 중산층이 아니어서 그래, 라고
했다. 그 말을 근거 삼아서 그래 그렇다니까, 하고 따져
들면 누구는 또 중산층은 어디에나 있고 어디에나 없다,
하는 하나 마나 한 소리를 했다. 내게는 어떤 말보다도
잘 짚었다는 말처럼 들렸다.

　　나의 소비 습관을 보고 민경 씨의 계급이 다르다는
사실을 알아봤다고 했나, 낮다는 사실을 알아봤다고 했나.
둘 중 무엇이었는지는 중요하지 않다. 그러나 분명히
계급이라는 단어를 썼던 것까지는 확실한 한 강사가
있다. 그는 내가 더 공부를 했으면 한다면서 충고했다.
**벌어둔 돈을 건드리지도 말고 유학을 가서도 아르바이트 하지
말아요.** 그맘때 나는 셰어하우스에 살면서 피도 살도
섞지 않은 여자끼리 지갑을 섞자! 하는 아이디어를
떠올리고 거기 깊이 매료된 참이었다.〔같은 시기 매료된
또 다른 질문으로는 마이라 스트로버×에게 아내가
있었다면?이 있다. 보부아르에게 사르트르 말고 뒤라스가
있었다면?으로 변주되기도 하지만 사실 그 질문에는
흥미가 없다. 보부아르에 대해서 떠올리는 순간은 오로지
그가 레즈비언을 공격적인 존재라고 규정했던 문장과
관계있다. 이 문장을 처음 접했을 당시 그의 말에 일리가

×　이성애 결혼을 한 페미니스트 경제학자다.

있다고 느꼈다. 2년 뒤 파리에 가서 본 한 작은 공연에서 '공격하다'를 뜻하는 그리스어 단어의 어원이 '접촉하고 싶음'이라는 레퍼토리를 접하면서 다시 보부아르를 떠올렸다. 현재가 난폭하므로 접촉은 어느 정도 공격적이다.] 지갑을 섞자, 어떻게? 여자가 피도 섹스도 안 섞인 여자에게 증여를 해야 한다! 마침 내게 충고한 강사는 몇 년 전부터 "민경 씨가 여성 청년들을 위한 공동체를 만들고 꾸려간다면 기여하겠다"고 여러 번 말한 이였다.

그런데 막상 투자를 청하고자 대면한 그는 내게 당장은 가진 게 없어 안쓰럽지만 미래가 촉망되는 젊은 청년 화가의 그림을 사주는 자선가의 대사를 던졌다. 흐름으로 보아 내게 걸린 배역은 돈이 필요한 기색까지는 얼굴에 역력하나 먼저 돈에 대해 말할 수는 없는, 말하자면 물정의 목감기에 걸린 청년 역할로 짐작되었다. 언제까지 페미니즘 출판사에서 책을 낼 거야, **짱돌을 던지려면 중심으로 가야지!** 그는 참여하지 않았을 게 분명한 민주화운동 주인공 대사로서 확실시된 나의 배역은 그리 탐나지 않았다. 그래서 안타깝게도 나는 마음대로 자유연기를 펼쳐버렸다. 여자끼리 지갑을 섞자, 에서 시작되어 산개한 아이디어는 그 당시 투자라는 단어로 수렴되었기 때문에, 당신이

투자를 하겠다면 여성들이 공부할 공간을 마련하겠고
그렇게 공간을 꾸려서 나온 수익으로, 당신이 말한
대로 아르바이트도 않고 저축도 건드리지 않고 공부를
마치겠노라고, 이에 기여하기를 당당히 요구해버린
것이다. 자유연기를 한 까닭은 그저 충동적으로 성질을
누르지 못했기 때문이라기보다는 앞으로 내가 익혀야
하는 역할은 피칭이었지 감지덕지가 아니어서였다.
당연하게도 떨어졌다. 나는 오디션이 싫다. 밥을
먹으러 가서 그는 옆 테이블의 여성들을 흘겨보며
'대중과 우리'를 나누면서 나와 여성운동을 함께한 동지
역할을 자임했으나 이번에는 내가 거절했다. 편지를
띄워 공공연하게 투자를 모집했던 계기는 이날이었다.
투자금으로 산 집은 여성들이 한 달쯤 묵으면서 책을
읽거나 원가족으로부터 분리될 수 있는 공간이 되었고
프랑스에서 나는 거기서 나온 월세로 생활을 했다.
그날의 만남은 이후 유학을 결정하는 데 아주 중요한
계기를 제공하지는 않았어도 내게 유학을 권했던 사실에
고마움을 담아 출국 직전에 연락을 했다. 그는 '자신은
정치적으로 올바른 사람이기에 절대로 그런 단어,
그러니까 계급이라는 단어를 입에 올렸을 리 없다'고
노발대발함으로써 또다시 시인했다. 내 계급이 본인보다
높음을 알아봤다고 말했을 수도 있잖은가?

레즈비언에 대해 적었던 편지에 레즈비언 욕망을
구성하는 기본은 모녀 단위에서 온다고 쓴 적이 있다.
아마 그들에게 티가 났던 건 나의 계급위반자적
면모였을 것이다. 변변치 못한 사정으로 어찌저찌
명문대에 들어가, 용돈을 받고 사는 부유한 친구들과는
달리 직접 임금노동을 하면서 생계를 꾸려왔다는 그런
진부한 의미에서라기보다는[전부 부합하기는 한다],
살면서 한 번도 아버지의 직업과 수입을 중심으로
내 계급을 이해해본 적이 없었던 점에서. 중산층이
아니라고 여길 때조차 나는 어머니의 직업과 수입을
중심으로 그렇게 했다. 나만 빼고 전부 아버지를
중심으로 자신의 계급을 설정한다는 사실은 대학을
졸업할 무렵이 되어서야 알게 되었다. 왼쪽을 축으로
삼고 돌다가 말고 반대쪽으로 회전하지 않는다면
학교에 갈 수 없다는 청천벽력을 듣고 고개를 들었던
때와 아마도 유사했을 심정. 위티그의 또 다른 유명한
문장에 따르면 "레즈비언은 계급위반자이다". 그러나 이
단어는 부자 아버지의 자식 사이에 낀 가난한 아버지의
자식 서사가 독점하고 있다. 말하자면 아버지가 작은
식료품점을 해서 부르주아가 아닌 채로 대학에 갔던
아니 에르노식의 계급위반자.

크리스틴 델피는 자신의 책에서 여성의 계급은

아버지를 중심으로, 그다음에는 남편을 중심으로
해석된다는 문제의식을 드러낸다. 아내는 남편이
소매상을 하면 소매상 일을 하고 서커스를 하면 광대의
아내가 된다. 델피의 분석을 적용하면 아니 에르노는
소매상을 아버지로, 소매상 남편을 따라 가게 일을 하게
된 아내를 어머니로 두었고, 소매상 아버지를 기준으로
비중산층이라 자리매김되었다. 이런 해석에서 여성이
독자적으로 가질 수 있는 계급은 없다.

　여성의 계급이라는 게 없다는 델피의 주장을 내
식대로 설명하자면 다음과 같다. 대학에 들어간 직후
눈앞에 나타날 때마다 뚫어져라 바라보면서 나름의
문장으로 정리해둔 발견이 있다. 왜 모든 딸은 자신의
집이 가난하다고 생각할까? 아버지가 분당 어디쯤의
센터장이건, 서울에서 성공한 사업가이건, 집에서 누워
있건, 죽었건, 없건 똑같았다. 모두가 우리 집은 진짜로
어려워, 라고 말하며 어딘가에 존재할 팔자 좋은 딸과
자신은 다르다는 것이 진실일 수밖에 없는 이런저런
이유를 가져다 댔다. 이건 그저 삶이 누구에게나
녹록지 않다는 문제와는 조금 달랐다. 나는 열아홉부터
스물넷까지 여러 해에 걸친 이 발견을 '여성들이
경험하는 심리적인 빈곤은 자신의 가정형편과는 별도로
존재한다'는 문장으로 정리해두었다. 그런 딸들이

자신의 삶에 반응하는 방식도 몇 가지로 나눠두었다. 처음에는 그저 발견했고 나중에는 비판적인 의견을 만들었다. 이 문제에 대해서는 만둣집에서 튀긴 만두와 튀겨진 부스러기를 각각 젓가락으로 짚어가며, 부스러기를 만두 근처로 옮겼다가 멀어지게 했다가 하면서 설명하기도 했다. 내가 이유도 모르고 수집한 순간들을 젠더 연구라는 틀로 다룰 수 있다는 걸 알게 되고부터는 이 모든 걸 박사에 들어가면서부터 다룰 수 있으리라고 생각했다.

프랑스어로는 아내femme와 여자femme가 같은 단어이고, 위티그의 레즈비언은 여자가 아니다, 라는 문장을 델피와 나란히 놓고 보았을 때 레즈비언은 (남자의) 아내가 아니다, 라는 말로 읽을 수 있다. 나는 똑같은 주장을 레즈비언은 자영업자이고 헤테로는 직원이다, 라고 말한다. 레즈비언과 헤테로 각각에 대한 비유일 뿐만 아니라 실제로 그러하기도 하다. 섹슈얼리티는 직업 선택에 어느 정도의 영향을 미칠 뿐 아니라 직업과 등치된다. 섹스가 그저 감정일 뿐 아니라 정치이자 경제라면. 여성들이 간호사와 교사 되기를 선택하는 중요한 이유, 세상이 여성들에게 특정한 경로를 권하는 이유 그리고 이성애 결혼이 여성에게 준다는 감각에 대한 서사는 안정이라는 단어로 포개진다.

나는 운용하는 자산의 규모는 작고 집으로부터
큰 증여를 기대할 수 없었다. 그러나 어느 좋은 곳의
직원이 되기를 바란 적도 내 몸이 발휘하는 이동성을
내어준 적도 없었다. 아버지를 기준으로 자신의 계급을
이해하고 스스로 중산층이라고 생각하는 여자애들,
늘 빠듯하지만 제법 꾸준히 주어지는 용돈과 앓는
소리 끝에야 가끔 건드릴 수 있는 '아빠카드'를 가지고
안절부절못하는 친구들에게 나는 늘 떡볶이를 샀다.
사는 집의 생김은 결코 번듯하지 않고 유학은 차마
엄두를 못 내도 그들에 비해 내가 더 많이 가진 게
있었다. 가용자산이다. 그러니 비중산층이라는 말은
맞을 수 있어도 그들의 계급이 높고 내 것이 낮다는
말은 확실하게 틀렸다. 다르다는 말조차도 틀렸다.
내 소비 습관을 보고서 계급이 다르다는 걸 알게
되었다는 말에 나는 그때에는 맞았다고 했지만 실은
반만 맞았다. 나와 그들은 각자의 계급을 설정하는
방식이 같지 않아 어떻게 해도 비교가 불가능하다.
커다란 집에 사는 친구들에게 떡볶이를 사며 그들을
안쓰러워한 건 물론 친구들의 불안한 기색만을 읽은
나의 불찰이었겠다. 그리고 여기서 알은체만 할 줄 알지
뭘 잘 모르는 사람들은 나를 보고 계급이 낮아 저렇게
돈을 쓰는구나, 라며 확신한다. 그런 사람들에 비하면

사실은 나를 호방하고 사치스럽다고 보아야 할지 대책 없이 불쌍하다고 보아야 할지 헷갈려 하는 편이 낫다. 게다가 이 헷갈림을 유발하는 요소는 남자와의 생애 기획이라는, 네 귀퉁이가 터져 나갈 것만 같이 나의 몸을 가두었던 상자를 들어낸 이후로는 더 강력했을 것이다. 스물일곱 안에 원하는 욕망을 전부 조금씩은 실현해보아야 한다는 생각이 째깍째깍 귓가에서 울리면서 흡사 폭탄과 같던 몸이 광막하여 두려울 정도로 무한한 듯 펼쳐진 시간을 따라 흐르도록 변했기 때문에.[삶에 대한 열망을 가진 여성들일수록 하나를 진득하게 배우지 못하고 메뚜기처럼 뛰어다니는 건 이성애적 생애 기획과 직접적으로 연관된다. 언젠가는 이를 이성애 메뚜기heterosexual grasshopping라는 개념으로 설명해보고 싶다.] 그리고 이 밖에 '너의 계급은 그래서 어느 쪽이냐' 헷갈림을 만든 한 원인은, 프랑스어였다. 내가 술주정을 할 때 프랑스어를 한다는 소문이 가끔 속이 터질 때 설명한 내 비중산층됨을 가짜라고 손가락질할 충분한 근거가 되는 듯했다. 이 사실을 알고 분개한 시점에는 중국어 통역사 친구와 같이 있었다. 그는 이야기를 듣고 옆에서 묘한 표정을 짓는다. "있잖아, 네가 잘한 게 중국어여도 그런 소리를 들었을까?"

생활물가를 고려하면 중국 어학연수보다 프랑스 어학연수에 드는 돈이 더 비싸다는 사실들을 제쳐두고 보아도 프랑스어에는 임의의 계급적 표지가 붙어 있다. 나중에 직접 가보니 온갖 사람들이 온갖 소리를 내면서 프랑스어를 쓴다는 사실에 테마파크에 온 듯 눈이 휘둥그레지기는 했으나 내게 프랑스는 프랑스어가 잔뜩 있는 곳일 뿐이었다. 요즘은 부러 프랑스어가 좋지 프랑스가 좋은 게 아니라는 말을 덧붙이기도 한다. 다행히 캐나다 퀘벡에서도 프랑스어를 쓴다. 아직 그 나라에 가보지는 않았지만 얼마나 다행인지 모를 만큼 '프랑스의 문화가 좋았구나' 혹은 '좋았니' 하는 유의 물음은 생경했고 내게 프랑스어는 그것을 쓰는 나라와 별개였다. 알고 보니 부유한 건 어디까지나 프랑스인데도, 부유하다느니 사치스럽다느니 하는 방식으로 이 언어에 고정된 관념은 프랑스어를 배우고 싶은 이유와 배울 수 없는 이유 둘 다를 만들었다. 언어를 배울 때 현지에서 체류할 자원이 뒷받침된다면 물론 좋겠고 비싸고 좋은 선생을 찾아서 아낌없이 수업받을 수 있다면 더 좋겠으나, 프랑스어를 둘러싼 비용에 대한 이미지들은 많고 잦아서 익숙할 뿐 어디까지나 관념이다. 유학 전반에 드는 비용 자체보다 에스오피라는 글자가 막아섰던 것처럼. 만일 내가 불쑥 고른 언어가 위계질서에서 아래를 차지했더라면 유학이 스스로에게 허락되지 않았다고 여겼던 경로를 오해받지 않을 수 있을까, 는 아니고 사실 그러든 말든 상관이 없다만 이런 오해가 학습에 대한 접근과 학습 효율을 높일 수 있는 길을 가로막는다는 점은 분명 잘못되었다.

한 언어가 고급스러운 이미지를 가졌다는 사실은 위화감을 안기고, 학습자를 위축시키는 문제가 있다. 그리고 그 부유한 나라의 빈곤층은 프랑스어를 쓰지 않는 듯 여기게 한다. 그들과 하는 대화는 말이 되지 못한 웅얼거림이기라도 한 듯이. 그렇게 대화를 해서 얻은 프랑스어 유창성은 제대로 된 것이 아니기라도 한 듯이. "그렇지만 잘못 배우면 어떡해?" 실제로 문법과 철자가 정확한 아랍어를 구사하는 가정에서 자라는 이중언어 아동들에게도 이런 질문이 주어진다. 언어 간섭이라는 현상이 존재하기는 하지만, 아랍어가 프랑스어와 섞이면 오염되는 건 늘 프랑스어다. 언어에 매겨진 위계하에서는, 아랍어는 제아무리 아랍어 학자네 집안에서 쓴다고 해도 프랑스어를 더럽힐 위험으로만 존재한다. 이중언어자라는 게 늘 부의 상징인 건 아니다. 오히려 언어를 여러 개 구사하는 노력을 들일 필요는 권력 없음 혹은 억압당함의 표지일 때도 있다. 이중언어 환경이 항상 언어를 망치는 주적도 아니다. 한 언어에 대한 표백된 이미지만큼 재미를 감소하는 게 없다.
그러니 재미없는 건 내가 프랑스어를 잘하면서 중산층이
아니라고 했다는 사실이 아니고 프랑스어를 잘한다면
중산층이라는 추론이다. 아버지의 직업 외에 다른
기준으로 자신의 계급을 측정하는 사람이 존재한다는
가정을 해보지 않은 사람이 하는. 그러나 보리꼬리를
파는 상인도 한국어를 쓴다. 보리꼬리는 브로콜리를
잘못 표기해 생겨난 단어다. 소리와 글자의 대응에서
능숙하지 않았을지언정 이 상인이 과연 소리로 뜻을
전달하는 유창함에서 밀릴까?

　유창성이 늘 지적인 인정을 받지는 못한다. 그러나
그것을 익히는 방법은 비싸게 팔린다. 높은 자리에
있다고 해도 몸을 쓰지 않고 유창함을 얻을 수는
없기 때문이다. 프랑스어를 배워야겠어, 하고 유창한
프랑스어를 하겠다고 날뛰던 나는 외국어고등학교에
가겠다고 덤비고, 시험에 붙고, 일 년을 못 버티고
자퇴했다. 대부분 자본을 탱크처럼 두른 사람들이
자식들을 어딘가로 보내겠다면서 뛰어드는 게임이라는
걸 몰랐던 탓에. 등하굣길에 신발을 신었을 게
분명한데도 왜 맨발이었다고 느꼈는지 모르겠다.
그래서 열여덟 살에는 그때 그 다락방에 도로 갇히고
만다. 가을까지 갇혔다가 그해에 수능을 보았고, 불어를 배우다 말았으니 더 배우겠다고 불문과에 들어간다.

　교환학생을 지원하는 1년짜리 장학금에 합격한다.
그런데 장학금 외로 충당해야 하는 돈—정확히는 그것을
스스로에게 투자할 만하다고 측정할 환경과 요구할
자신—이 없어 장학금을 반년으로 줄여줄 수 없느냐고
재단에 읍소해 오 개월간 다녀온다. 그 오 개월은 내가
내는 소리와 프랑스인들의 발성이 영 다르다는 걸
깨닫고 충격받은 시간으로 요약할 수 있다. 시디-롬에서
흘러나오는 소리를 충실히 따라 했기 때문에 대학에
들어가서 어학 수업을 듣는 동안에도 발음에 대한 한
일말의 자신이 있었으나 프랑스에 입국을 하자마자
들려오는 사람들의 발음에는 쓰이는 근육이 한 겹이
더 있는 듯했다. 그래서 길을 걷다가 서점librairie이
발음되지 않아서 운다. 이백 번도 넘게 발음을 하는 동안
내내 꽁해 있다가 된다! 느껴지는 순간에는 웃는다.
그리고 그다음에는 포도raisin가 나온다. 또 분해서
운다. 프랑스인 친구를 옆에 앉히고 시켜본다. 한 번만
더 해 봐, 하고 입 속을 유심히 본다. 내 걸 들어보라고
한다. 된다. 더 많은 발음을 듣기 위해 어학원에서
프랑스 일반 가정과 외국인 학생을 연결하는 가족 결연
행사에 참여한다. 두 여성이 고양이를 기르며 자신들은
레즈비언이 아니고 서로를 사랑했을 뿐이라고 말한다.

나는 갸웃거리면서 네네, 하면서 그들이 데려가는
동굴에 남자친구를 데려가도 되냐고 묻고는 넷이서
함께 시간을 보낸다. 내가 관심 있었던 건 그들이
나와는 확연히 구분되게 서로 비슷하게, 그러나 그 둘
사이에서도 미묘하게 다르게 내는 발음뿐이다. 그 짓을
반년만 더 할 수 있었다면 얼마나 더 좋았을까 하는 것이
나의 유일한 한이 된다. 하지만 돈 많은 사람도 쉽게
유창함을 살 수 없다는 건 내가 갈고 닦은 자부심.
　내가 지금 하는 불어는 그 오 개월간 다 익혔다.
불문과에서는 불어를 하게끔 가르치지 않는다. 오히려
입 밖으로 낼 때 수치를 학습시킨다. 지에 가까워질수록
입이 막힌다. 그냥 소설 이방인의 처음 세 장을 빈칸
뚫어 시험 볼 뿐이다. 오늘 엄마가 죽었다. 어쩌면
어제, 로 시작하고 그 뒤로는 절대로 기억할 수 없다.
시인으로도 활동하며 학부 수업에서 여러분은 어서 나를
뛰어넘으세요, 라고 말하던 한 교수는 흡사 이 시대의
유일한 선비처럼 인기를 끌었다. 영특하기는 했지만
진정한 의미에서 지적 재능이 있을 리 만무한 나는
시인도 되고 싶고 글도 쓰고 싶고 정치도 하고 싶다면서
울부짖는 남자친구를 도우려 통역사로 돈을 버는 게
좋겠다고 생각한다.[그는 시인도 한다는 교수와 풍기는
이미지가 비슷했다.] 우리 나중에 같이 통역사 돼서

일하면서 살래? 하니 비웃으며 통역 같은 것보다는 더 큰 일을 할 거라던 새끼를 위하여. 그맘때에 대해 써둔 짧막한 글이 있다. 작아도 너무 작았다, 라고 검색해보면 찾을 수 있을 것이다.

우후루에 왔다……. 가방 속에 품고 있던 계약서 두 건을 보내기 위해 서대문 우체국으로 올라가며 이제는 전생 같은 기억을 떠올렸다. 오갈 데도 주체할 수도 없는 에너지를 발산하기 위해서 종횡무진 방황했고 한 사이클치의 방황이 끝나는가 싶을 때 우체국 앞 골목을 돌면 나오는 그의 자취방에서 잠시 머물곤 했다. 그곳은 어디론가 가고 싶어 마음만 부푼 내가 머무는 기지와 같았다. 좁은 자취방에서 그에게 애정을 주고 또 받고 내밀함을 나누고 포옹을 한 채로 잠들고 정치를 하거나 글을 쓰고 싶다면서 자아를 탐색하는 그를 지켜보고 그의 말에 반응을 하고 장난을 쳤다. 그 순간을 아름답게 느끼려 애쓰던 시절도 있었고 그럭저럭 괜찮은 시간이라고 기억하던 시절도 있었던 듯한데 남성과 어떻게 연애 관계를 맺을 수 있었는지 기억하려 해도 잘 기억나지 않지만 관계의 끝물에는 카페 우후루가 선명하게 남아 있다.

　그맘때 나는 과외를 다섯 개 하고 대학원 입학시험과

상금이 얼마쯤 걸린 독서 대회를 준비하고 있었다. 이 층짜리 카페에서 하려던 과외가 취소된 날 그에게 전화를 걸었다. 생리를 하느라 아팠던 나는 반색을 하며 집으로 오라는 상대의 목소리를 반갑게 여기는 한편 읽어야 할 책을 떠올리고 아픈 배를 부여잡고 서대문우체국을 넘어 그리로 갔다. 아마도 나는 가서 책을 읽어야 한다고 전화상으로 말했던 것 같다. 읽을 기한이 코앞이었다. 나를 반기며 달려드는 그에게 미안해하면서 나 책 읽어야 해, 하고 책을 폈고 그는 핫초코를 사다 주겠다고 우후루에 다녀왔다. 괜찮다는 말에도 그는 굳이 갔다 왔고 나는 고마워하며 핫초코를 마셨다. 계속 책을 읽었는데 생리통이 심하고 패드가 축축해 어정쩡한 자세로 무릎을 꿇고 차가운 바닥에 앉았다. 침대에 앉아 있던 그는 이내 자신에게 시선을 두지 않는 내게 빈정이 상한 얼굴로 자신이 사실은 집에서 쉬고 싶었다고 말했다.

그날 그 집을 어떻게 나섰는지는 잘 모르겠다. 난방이 들어오지 않아 야속하게 차가운 방바닥만 기억에 남는다. 여러 해 연애를 했지만 그해에는 마음속에서 한껏 애정을 끌어올려 열심히 나누어보려 했음에도 그 집의 문을 닫고 나서는 길마다 춥고 우울했다. 그 가을에 어떤 일이 일어날지는 아직 몰랐고 방바닥에서 다리를 타고 퍼지는 한기는 몸속에서 자욱한 김을 뿜었다.

불안과 조급증을 동력 삼아 대학원을 준비하며 열심히 같이할 미래를 꿈꾸었고 그렇게 계획한 미래를 나눴다. 열심히 이것을 하고 저것을 하고 이 사람을 만나고 저 사람을 가르치면서 질주하듯 내달리고 숨이 죽으면 또 그리 갔다. 나는 내 자아를 그와 조화시키면서 삶을 꾸려갈 방도를 할 수 있는 한 고민하며 이 길을 쉴 새 없이 오르고 내리고 올랐고 내렸고 오르내렸고 또 오르고 내렸다. 이제 보면 그 방은 정말이지 좁아도 너무 좁았다.

"작아도 너무 작았다"가 아니라 "좁아도 너무 좁았다"였다. 그래서 검색 결과가 없다고 나왔다. 인도에서 여성 교육을 하고 오겠다고 했다가 남동생에게 맞은 내 이야기를 듣고도 가족인데 왜 용서하지 못하느냐고 하던 그가 소망한 큰일이라는 건 아마 여태껏 내가 하고 있는 일과 비슷할 것이다. 나는 그가 선망하고 나는 선망할 줄도 모르던 '큰일'을, 뒤늦게 나를 붙잡으려 통번역대학원 준비 학원에 다닌 그의 면전에 "미안해. 그만 만나자, 나 레즈비언이었어" 하고 나서야 시작할 수 있었다. 학부생들에게 자신을 뛰어넘으라던 교수는 십 년 내내 수업을 맡았던 원어민 강사가 출산휴가를 쓰니 복직할 수 없을 거라고 협박했다. 여자는 절대로 교수가 될 수 없다고 공공연히 말했다고, 원어민 강사는 왜인지는 모르겠지만 나를 불러내서 쉿쉿거리는 조용한 목소리로 노기를 담아 말했다. Double face. 이중인격이라는 뜻이었다. 교수는 나에게 다른 면의 얼굴을 보여준 적 없다만 나도 알 수 있었다. 내가 발상을 만들어낼 수 있을 만큼 지적이지는 않으리라고, 그러니 이미 만들어진 지식을 유창하게 재생산하고 가공할 수 있는 곳으로 가는 게 나에게 더 어울린다고 내 발길을 돌리게 하는 데는 그가 한몫했을 것이다. 보지 않았어도 알 수 있다. 조금만 있으면 지식이 될 수 있는 발견들에 내가 눈을 빛낼 때마다 알아들을 수 없는 말을 한다면서 은근하게 조소한 남자친구의 이면이 그렇게 생겼다.

　민, 도무지 알아들을 수가 없구나. 그리고 네 둥지에서 나와. 프랑스에서 나에게 그렇게 말한 교수가 친구라고 자랑하는 흑인 여성은 프랑스에서 일어난 아주 큰 시위의 여성 대표다. 그리고 내가 활발히 나가던 친구들 모임의 대표이기도 했다. 그러나 그는 그것을 알 길이 없다. 백인이 모이는 곳에 참석하지 않는다면 둥지에 처박힌 소심한 아시안일 뿐이니까. 교수는 내가 누구와 친하고 어떻게 인터뷰에 진심으로 응해줄 사람들을 구해두었는지 묻지 않았다. 작문보다 말이 편한 외국인이 소통을 시도해도 글로 내라. 글로 보여줘야지!를 반복하는 게 전부였으니. 그는 13년 전 자신의 박사논문에서 "이주자와 비백인 레즈비언들에 대해 거의 아는 게 없는" 현실을 자인하며 한 명의 예외를 제외하고 그의 연구 참여자는 전부 중산층 백인 레즈비언으로 한정했음을 스스로 밝혀두었다. 그리고 글에서 언급한 질문들에 대해서는 다가오는 미래의 후속 연구를 통해 답할 수 있기를 희망한다는 말로 논문을 끝마쳤다. 13년 지나 후속 연구가 눈앞에 도착했을 때 그는 결론의 첫 문장을 읊기 시작한다. 그리고 이렇게 끝낸다. 그러니 근거를 찾아와라. 그게 학문이다. 네가 들 만한 근거를 글 속에서 찾을 확률은 아주 적겠지만 말이다. 그러나 글을 쓰기 위해 말로 묻기 전에 글로 써서 내라!

어떤 것을 들어서 알 수 있느냐만큼이나 들을 수 없는 능력도 지의 일부이다. 무지가 만드는 지라는 게 있다. 석사를 하는 동안 연구자들을 연구하고 말겠다고 길길이 날뛰었던 건 그런 이유에서였다. 현장에 더 가까운 티를 내서는 도달할 수 없는 높은 자리. 연구자로서 갖추어 마땅한 겸양을 드러내며 이어질 연구에 대한 기대가 적혀 있는 글자의 조합이 어쩐 일인지 앞으로의 연구로 향하는 물길을 트는 대신에 우물을 높이는 돌벽 같다, 고 논문에는 쓰면 안 된다.

그 사실을 잘 알고 있었다. 그런데도 샤틀레로 나가게 되었던 날에는 이렇게 쓰고 있었다.

다루어지지 않아서 알 수 없는 이들과 알 수 없어서 다룰 수 없는 이들은 서로 꼬리를 문 뱀의 형상을 하고 있다. 그 아래에는 어떤 이들은 다루지 않아도 되기에 알 필요 없음과, 그들을 안다고 말하면 그들과 같아지기 때문에 모른다고 말해야 할 필요가 제법 뚜렷하게 존재한다. 그 필요/없음이 순환하는 흐름은 다음과 같다. 우물에서 '나가지 않겠음'은 (어느새) '나가지 못했음'과 등치, 이내 (그래서) '진입할 수 없음'으로, 다시 (그 결과) '진입되지 않았음'으로 귀결. 선택에 깃든 의지를 소거하고 역량 부족을 불가항력으로 의미화하면서 은근하게 주어를 지워내는 과정을 복기할 필요가 있었다. 이 답답증은 미개척지이기에 개척할 수 없고, 여태껏 개척하지 않아서 미개척지로 남겨진 모순이 토할 것같이 회전하는 꼴을 눈앞에서 보아야만 할 때, 화병은 모순을 인지하지 못하는 동시에 개간자의 지위를 당연시하면서 미개척지를 미개척지로 남겨두려고 이런 문장을 가져다 돌벽처럼 쌓는 모습을 볼 때 왔다. **혁명의 어원은 '반대로 회전한다'에서 찾을 수 있다.**

지금부터는 더욱더 문밖을 나갈 수 없던 장면들.

나   안녕하세요, 저는 여기 이번에 입학했는데요,
         등록을 마치려면 어떻게 해야 하나요?

크리스티앙 아, 들어봤다. 그 학생…… 그래, 그래, 그래. 그런데
         이건…… 전례가 없어. 누가 여길 이렇게 들어와.
         자비로……. 누가 학생을 밀어주는지 알아야
         하는데 말이야. 연구 주제가 어떻게 된다고 했지?
         정말 이런 건 본 적이 없어.

나   레즈비어니즘이요.

크리스티앙 그러니까 말이야. 레즈비어니즘은 여기서 다룰
         만한 주제가 아니야. 왜 여기로 오려는 거야?
         여기는 경제, 노동을 연구하는 데라고. 레즈비언
         그거는 조금…… 그리고 네 지도 교수는 여기 자주
         오지도 않는 걸 알아? 일주일에 한 번이나 보일까
         말까 하다고. 그 교수 다른 학교에도 적이 있잖아.
         왜 여기여야 하는 거야?

나   그 교수 주제가 레즈비어니즘인데요?

크리스티앙 그러니까 말이야. 안타까운데, 나는 도와줄 수가
         없어. 아무 말도 할 수가 없어.

나   도와달라는 거 아닌데. 당신이 결정자예요?

크리스티앙 오, 아니, 아니, 아니. 나는 아무 힘도 없어.

나는, 그냥 서류에 사인만 하는 사람이야.

일개 교수라고. 모든 건 그냥 절차대로 진행돼.

나   뭐, 그럼 당신이랑 이야기할 필요가 없네.

가장 마지막에 결정하게 되는 사람이 누구예요?

크리스티앙   발레리.

나   이 학교에 있어요?

크리스티앙   아니, 저기 다른 대학교.

나   그러면 제가 발레리를 만나서 물어보면 됩니까?

크리스티앙   그렇게 되는 게 아냐. 어휴, 그나저나 프랑스어

끝내주게 잘하네.

나   알아요. 어떻게 하면 되냐고요. 입학증을 받으려면

보험이 있어야 하거든요. 그리고

크리스티앙   (동시에) 보험을 받으려면 입학증이 있어야 하지.

프랑스가 좀 제 꼬리를 문 뱀 같지?

나   그래도 그건 처리했어요.

크리스티앙   그래?

나   네.

크리스티앙   그걸 어떻게 받았어?

나   다음 절차는 뭔데요? 발레리한테 가요?

크리스티앙   아니, 그것까지 받았으면…… 자동으로 처리될

거야.

실제로 일은 그의 말처럼 자동으로 처리되었다.
배를 내밀고 떠들어대던 크리스티앙은 직후
민계용-mingeyong을 우리 연구소의 학생으로 맞게 되어
영광이라는 메일을 보냈다. 이전에 내가 했던 실수라는
건 학적에 등록하는 절차가 완료되기 전 크리스티앙에게
모습을 드러내, 절차가 완료되기까지의 과정에 대해
직접 물어봤다는 거였다. '문밖을 완전히 빠져나가기
전까지는 들키지 마라.' 나는 비자를 가진 밀항자였다.

교수는 분명 당부했다. "크리스티앙과 발레리에게
인사를 하기 전에 꼭 입학처에 들러서 절차를 마무리해야
한다. 그게 되고 나서 인사를 해야 한다. 알겠지." "네."
분명히 들었는데도 왜인지 곧장 크리스티앙에게
만나자고 했다. 이유는 모르겠다. 교수가 구구절절
우리 아이의 실수를 양해해달라는 듯 보냈던 전체
메일에서처럼 이방인이기 때문에 프랑스 사회에 아직
적응하지 못해 낯이 설었나. 아닌 것 같다. 일부러
어깃장을 놓고 싶어서도 아니었다. 설명할 수 없지만
그렇게 깜빡하는 일이 종종 일어난다. 내일모레 바로
이곳에서 파티가 있을 거야, 시간 되면 네 학생이랑
같이 와. 온라인으로 예매하고 오면 돼. 하면서 배가

대기할 선착장을 안내받았던 날까지만 해도 확실하게
알았던 장소의 정반대편으로 가버렸던 날처럼. 넉넉히
도착했다고 생각해 에펠탑을 실컷 구경했는데 찾아간
곳은 파티 주관사의 사무실 주소였다. 파리 지리를
자세히는 몰라도 동과 서 정도는 구분할 줄 알았으니,
파리가 낯설어서 일어난 일은 아니었다. 어쨌든
이곳에서 지내면서 알 수 있는 건 제 꼬리를 문 듯
회전문을 도는 일이 확실히 멎기 전까지는, 문을 벽으로
만들고 싶어하는 사람의 눈에 띄어서는 안 된다는
사실이다.

　그래서 내가 어떻게 이곳에 입국해 학생증까지
받았는가? 교직원에게 메일로 물어보았다. 입학증에는
총장이 사인을 해준다. 정말로 총장이 입학한 한 명 한
명에게 사인을 해주었다고 생각할 사람은 없을 것이다.
실제로 그의 이름대로 도장을 찍는 사람은 말단에 있다.
그와 대낮에 이메일을 주고받았다.

　교수는 나를 마음에 들어했으나 내게 장학금을
줄 재단이 없다는 사실에 난감해했다. "장학금을
구해보고 한 달쯤 뒤 다시 말해보자." 나는 그 사이
투자를 모집했다. 그리고 교직원에게 직접 물었다.
혹시 재단에서 장학금을 받지 못한 사람은 어떻게 해야
하나요? 직원은 답해주었다. "자비 유학의 경우 통장

사본이면 됩니다." 통장 사본을 보냈다. 답장이 왔다. "완벽해요!" 더 필요한 거 없나요? "네, 없습니다." 두 번 물었고 똑같은 답을 받았다. 가등록증이 나왔다. 비자 접수에 필요충분한 서류였다.

약속한 날에 교수에게 이 사실을 그대로 적어 수정한 연구계획서와 함께 보냈다. 미팅을 했더니 교수는 말했다. "장학금을 받았다니 정말 다행이구나!" 못 받았다고 써두었는데요. 그는 다시 난감해했다. 하지만 그사이 비자가 나왔다. 입학증이 안 나와 의료보험을 못 받은 사람은 어떻게 하나요? 다시 메일을 보냈다. "의료보험을 위한 증명서를 내달라고 하면 됩니다." 처리 완료. 문을 닫고 싶어하는 사람은 다음 단계로 가지 못하게 할 수는 있어도 전 단계로 돌아가게 할 수는 없다. 차별은 교묘하여 절차 자체에는 나를 막을 아무 방법도 없으니까. 혼인은 사랑하는 두 사람의 결합이라는 법 조항에 여자와 여자는 안 된다, 고 쓰여 있지 않으나 우리는 한국은 동성결혼이 불법이어서, 라고 잘못 말하곤 한다. 길은 대체로 직선으로 나 있고 그것을 꼬는 건 특정한 사람이다.

이번엔 너구나. 닫힌 문 안에서 그를 똑바로 바라보며, 내 프랑스어에 헛웃음을 짓는 그자의 큰 코에 무성한 모공을 하나하나 마음에 새길 때 가장 먼저 든 생각이다.

순서대로 이름을 올려 귀찮은 일을 좀 할 뿐인 학과장
자리에 있는 발레리를 들먹이며 어깨를 으쓱거릴
때에는 "일개 교수"이다가 스르르 움직여 다음 단계로
가서 안 된다고 말할 때에는 또다시 불쑥 등장하는.
지도 교수가 쉿쉿 하면서 모습을 들키지 않게 주의를
주는. 제가 원하는 대로 힘이 있었다가 없었다가 하는
뱀 같은 놈. 아휴, 학교에 젠더 전공자가 이미 너무 많아.
여기서 더 필요하지는 않잖아요? 하는, 한국에서 보았던 또
다른 기름기 낀 얼굴처럼. 절차상으로는 일인분밖에 못
한다고 말하지만 그 이상으로 판을 움직여, 아무튼간 그
뭉툭하고 자그마한 살덩이를 한 번 죽을 각오로 아프게
깨물어 피를 보고 싶어지는 놈들. 냄새가 나거나 말거나
너덜너덜해지게.

두 번째 생각은, 이번에는 불어로도 가르쳐놔야겠다.
너구나, 하고 한마디 칵 뱉고 싶어질 때 분석에 막히지
않는 통로를 갖는 방법을, 저번과 같이.

직업에는 귀천이 없다. 나는 과외도 하고 용달도
한다. 그러나 미안해 나 레즈비언이야, 말하고 뒤돌아
달려간 길에서는 분명 신용카드를 팔거나 하는 속세의
일보다 큰일을 했던 것 같다. 여성이 제 언어를 직접
말하게 하는 일을 사람들은 그렇게 불렀기 때문이다.
대리자 없는 발화, 매개 없는 이해와 표현은 언어라는

관점에서 보자면 문법이 아닌 회화에 해당하며, 이
능력은 무조건 연습으로부터만 나온다. 특정한 언어를 갓
접한 입문자가 문법적 지식을 학습하는 건 유창성에서
철저히 부차적이거나 혹은 능력을 갖추는 데 도리어
방해가 되기도 한다. 규범보다는 그것을 활용하여 말하고
싶은 내용을 갖는 게, 누군가가 하는 말을 귀 기울여 듣고
모방할 준비를 하는 게 더 중요하다. 여러 번 듣고 여러 번
말하면 오류는 줄어든다. 강남역 살인 사건이 일어났을
때 여성들은 전부 동요했고 상처 입었다. 그 흔들림으로
의식의 장막에는 틈새가 생겼다. 그 틈을 타 뱃속 깊이
눌러두었던 기억들이 혀뿌리까지 타고 올라왔다.
누군가는 여자들이 진실을 말하면 세상은 터져버린다고
했다. 세상이 터질 기미를 불안해한, 대학에서 만난
철학과 남자 선배는 '비이성적으로 구는' 주변 여성들을
진정시키겠답시고 '우리의 적은 남자들이 아니다.
우리에게 필요한 건 가벼운 에세이가 아니라 이론서다'
같은 글을 페이스북에다 올렸다. 리베카 솔닛의 페미니즘
에세이가 인기를 끈 무렵이었다. 몸속에서 울컥
올라온 물질을 글자로 담아 남자에게 전한 건 그날이
처음이었다. 틀렸으니 조용히 계세요. 분명 처음이 맞을
것이다. 짧은 한 줄에도 그는 아주 놀라 내게 따로 연락을
해 왔으니까. 이날 시작한 응수는 보름쯤 지나 『우리에겐

언어가 필요하다』라는 내 첫 책 제목과 "우리에게 필요한
건 이론서가 아니다"라는 설명 문구에 담기게 되었다.
실용 회화 매뉴얼! 하는 책을 쓴 배경인 강남역 살인
사건은 프랑스어를 잘하려고 애쓰던 첫 학기에 일어났다.
그보다 한참 뒤에 알게 된 바지만, 프랑스에서 일어난
운동의 흐름도 이날의 응수와 똑같았다. 회전축을 반대로
삼는 움직임, 혁명이 일어날 때 무리에서 당연하게
선봉을 차지하던 남성들과의 대립. 이에 대항해서
일어나는, '우리'를 걸어 잠그는 움직임. 제아무리 여성의
수가 압도적인 집단도 남성이 한 명이라도 섞이면
전부를 남성복수형으로 일컬어야 하는 문법적 규칙이
지배하는 프랑스 사회에서. 비록 문법 공부를 최대한
미루었지만 언어를 정교하게 쓰고 싶으면 구조와 규칙에
대한 이해도 필요하다. 그러나 이론서가 나올 시점은
나중이어야 옳다. 그 당시 출판가에는 규범만 설명하는
도서 일색이었다. 혁명을 위해서는 규범의 무게에
짓눌린 언어가 바깥으로 흐를 수 있게 하는 구체적인
방법을 담은 글이 출판시장에 있어야 했다. 이 판단은
적중했다. 7년 뒤 오스트리아 다큐 팀에서 2016년을
기점으로 한국에서 여성, 페미니즘, 출판이라는 단어가
급증한 까닭을 물으러 오게 되니까. 그리고 그는 또 다른
이유로도 틀렸다. 에세이essai는 시도한다는 단어의

명사형으로서 이론을 담은 모든 글은 에세이다.

어제 샤틀레 역에서 인종차별 당했어요, 는
문법적으로는 틀리지 않았으나 성립될 수는 없는
문장이다. 다만 그날에 이르러 더 이상 기존의 구조에
눌러 담지 못하고 폭발한 언어들이 있었다. 아래
이야기의 흐름은 전부 뒤섞여 있다. 시간과 논리에 따라
배열하는 건 무의미하다.

나   크리스티앙에게 제 주제가 레즈비어니즘이라고
        말했는데요.

교수   바보 같은 소리! 아무 소리나 하면 안 돼. 그건
        소재지 주제가 아니야.

버스에 탄 다른 학생 이 학교에서는 그렇게 말하는 것보다는
        성폭력을 다룬다고 이야기하는 게 낫다고 해요.

교수   그래, 얘는 참 똑똑하고 착한 아이란다.
        앞으로 연락해서 많이 물어보아라.

레즈비어니즘은 성폭력이 아니다. 바보 같은 소리.

나   학교에 소속되지 않은 상태로 있게 된다면

의료보험이 나오지 않을 거 같아요.

교수   그래…… 그래도 비자가 나왔다고 했지?
       비자를 즐겨profites-en.

코로나 감염자 수가 폭발하던 시기였다.

나   저는 델피를 주요하게 인용하려고 하는데요.
교수   델피를 왜? 너무 늙었어. 나도 유물론자야.
       고프먼을 써.

델피가 미국에서 어빙 고프먼에게 배웠으니 델피보다
고프먼이 더 늙었다.
   이론가의 이름이 가지는 신선도는 그의 생몰년도 혹은
육체와 무관하기 마련이다. 그러나, 혹은 그래서 여성이
만든 이론은 언제 인용되든 언제 적이냐는 이야기를
듣게 되어 있다. 여성은 재생산할 수 없기 때문이다.

연말에 양할머니에게 델피와 다시 한 번만 다리를
놔달라고 부탁하려 연락을 했다. 약속을 잡을 즈음이면
완성된 번역 원고를 들고 그의 앞에 나타날 수 있을
거였다. 그러나 그는 이상한 표현을 썼다. 머리를

잃어버렸다고 했다. "델피가 아주 아프다. 의식이
돌아오지 않을 거야. 아마도 그래서 답장을 못 했을 거다.
그래, 그 모든 게 사라져버렸다. 노년은 끔찍한 거야C'est
affreux."

　'그래도 논문으로 싸우면 되지, 잘못하면 길바닥에서
죽는다.' '학교 안에서 버텨야지.' 나를 진심으로
사랑하는 사람들은 내가 얼굴을 다 드러내고 페미니즘
운동을 하다가 끔찍한 말로를 맞을까 걱정하며 말했다.
필리스 체슬러의 회고록을 보면 그 위대한 위티그도
체슬러를 만났을 때 자신이 가난하다고 말했다고 한다.
델피는 머리를 잃은 뒤 제 나라에서 반신들이 모여
있다는 학교의 교수라는 사람에게 '인용되기에는 너무
늦었다'는 소리나 듣게 된다. 한국의 페미니즘 운동이
그러했듯 둘 다 지지부진한 내부의 분열을 통과해야
했다. 집단에서 누군가를 축출하거나 서로를 상대로
소송을 하는 사건들. 그러니 더 피하거나 잘 가리지는
못할망정 유튜브에까지 나와서 레즈비언이라고 밝히는
일은 얼마나 바보 같아 보였을까. 크리스틴 델피와
모니크 위티그가 사귀었다는 것도 풍문으로만 전해지는
와중에. 역사Histoire가 되지 못한 일화histoires들. 그러니
웬만하면 삼켜볼 작정이었기에 미룰 수 있을 만큼
미루었던 편지를 쓴 건 연구계획서를 발전시켜서

제출하기로 약속한 날이었다.

친애하는 교수님께

쓴 데까지 보내드리지만 학교를 떠나겠습니다.
읽고 쓰면서 자꾸만 같은 지점으로 돌아온다는
걸 느꼈기 때문입니다. 레즈비어니즘은 제 논문
주제가 맞습니다. 바보 같은 소리도 아니고 아무
말도 아닙니다. 저는 제가 무슨 말을 하고 싶은지 잘
알았습니다. 발전시켜야 하는 게 많은 건 맞지만 그게
제 출발점입니다.
　안타깝게도 이 학교에서는 진척할 수가 없습니다.
학교 밖에서 작업할 방법을 찾아야 하겠습니다.
해주신 모든 것에 감사합니다.

앞서, 계속 문제가 되었던 장학금을 결국 해결하긴
했었다. "그래서 이 장학금을 준 사람들이 누구니?"라고
교수가 처음 내게 물었던 때에도 실은 똑같이 썼다.

친애하는 교수님께

여러 번 설명드린 대로 한국 내의 재단에서는
장학금을 받기가 어려운 상황입니다. 레즈비언
연구를 한다고 하면 뽑히기 어렵습니다. 레즈비언
엄마들을 연구한 앨런 르윈도 에세이 초입에
레즈비언 연구가 장학금에서 배제되는 문제를
다루고 있습니다.

　　장학금을 모아준 이 사람들은 저의 동료이고
배경입니다. 저는 저의 출신 배경을 감출 수도 없고
다르게 말할 수도 없습니다. 만일 문제가 된다면
그만두겠습니다.

교수는 메일을 읽고도 "어떻게든 해봐"라면서 서류를
내줄 만한 데가 정말 없느냐고 여러 번 물었다. 내가
알아듣지 못하자 막판에는 '서류를 발급할 곳을
찾아내라'는 듯한, 보다 분명한 언질을 주었다. 그래서
출판사가 장학금을 지급한 것으로 증서를 만들었더니
바로 문이 열렸다. 그 출판사는 내가 만든 것이었는데
말이다. 애초에 확인할 생각도 없던 거였다. 민계용,
환영합니다, 하는 크리스티앙의 메일은 그 직후에 왔다.

친애하는 교수님께, 하고 보낸 메일을 받은 지도
교수는 예정되어 있던 미팅에서 이야기하자고 했고 나는
받아들였다. 당일, 그에게 회심의 일격을 날렸다.

선생님, 우리 영어로 이야기합시다.

남자의 기를 질리게 할 정도로 징그럽게 잘하는
불어가 그에게는 그저 불완전하게만 들린다는 건 나를
대하는 그의 관념이 사과주스를 서빙하는 웨이터와
비슷하다는 의미다. 그러니 우리 중간에서 만납시다.
영어는 인종적으로 불리한 내가 힘을 보다 평등하게
발휘할 수 있는 중립지대였다.

교수   오오, 민, 나 영어 못 해. 불어로 하자.
나   영어를 전혀 못 해요?
교수   응, 못 해.
나   ……알겠습니다.

회심의 일격은 무마되었다.

교수   이게 다 무슨 일이니?
나   선생님의 인종차별을 견디기가 어렵습니다.
        ['인'에 놀라기 시작해서 '별'에 괘씸해하는 표정]
교수   나는 너를 인종적인 특성으로 동질화한 적 없다.

기계적으로 뱉은 '동질화homogénéiser'는 책으로 훈련받은 단어일 것이다. 그런 개념을 만들어낸 사람들이 개념을 만들어내기까지는 지식을 만드는 장 안에서 존재하지 않는 취급을 당하다가, 막상 그것의 마침표를 찍는 데까지 성공하고 나면 끊임없이 인용되는 지식이 된다. 오히려 보이지 않는 취급을 당했다는 사실이 지식이 된 그를 신화적으로 만들어준다. 그런데 그 사람들은 보통 제도 내에서 지적 재생산을 할 수 없고 그 단어를 기계적으로 반복할 뿐인 사람들이 이를 차지한다. 학계에는 실제로 흑인학 교수 중에 흑인이 없다. 이 모순을 느끼면서 나는 '책을 안 읽고서 나온 말을 하려고 책을 죽도록 읽어야 한다는 게 너무 이상하지 않아?'라고 간단히 말한 적이 있다. '책이야 읽어도 좋은 거 아니야?'라는 답이 나오기에 김이 새서 관두었다만.

나   그렇게 했어요.

교수 나는 너를 도왔어. 뭘 더 하란 말이냐.

나   도왔다고 인종차별 안 한 사람이 됩니까? 도움은
    고맙다고 답했잖아요.

교수 내가 뭘 했다는 거니.

나   중국 국적자만 가능한 장학금에 지원하라고 한
    거요. 그리고 끊임없이 제 이름자를 잘못 적는 것.

교수	나는 장학금 정보가 나오는 대로 전부 전달했다. 무슨 장학금인지 제대로 읽어보지도 않았어.
나	아뇨, 그 장학금에다가만 민, 여기 네가 꼭 읽어보고 신청해야 하는 내용이 있다고 쓰셨는데요.
교수	기억이 안 난다.
나	제 메일함에 있는데요.
교수	내 메일함에는 없어. 난 다 지워.
나	지금 보여드려요?
교수	됐다.
나	그리고 레즈비어니즘을 연구한다고 답했는데 이렇게 말하셨……
교수	네가 하고 싶은 말은 박사학위를 받고 얼마든지 하면 된다.

꾹꾹 참다가 결국에는 "마담!" 하는 울부짖음. 소리가
목보다 아래에서 엄청난 힘으로 튀어나오는 바람에
팥떡 이야기까지는 채 하지도 못했다. 그런데도 다섯
평 남짓한 방이 터질 뻔했다. 교수는 한 시간의 고함을
들은 이후 진심으로 미안하다고 했다. 중간에는 이렇게
말했다. "레즈비언으로 살며 나는 비싼 값을 치렀다.
민, 나는 많은 걸 치렀어." 결국 크리스티앙의 눈에

띄지 않게 주의를 주었던 게 맞았다는 뜻이었다. 내가 레즈비어니즘이라는 단어를 부적절하게 썼기 때문이 아니었다. 그 단어가 그저 위험해서 쉬쉬한 게 맞는다는 말이었다. 한 조직에 소수자는 두 명부터 너무 많다. 정치력을 발휘할 수 있으니까. 다르게 보자면 사회를 이루기 위해서는 두 명만 충족되면 된다. 이 주장이 내가 논문에 쓰고 싶던 발상의 처음과 끝이다. 다른 세상으로 가고 싶거든 나를 바라보는 여자의 눈 한 쌍만 찾아라.

어떤 음식이 맛있다고 찾기 위해서도 몇 번은 먹어봐야 하거나 최소한 먹어본 맛의 조합이어야 하듯이 재미있는 이야기라고 느끼려면 그 구성 성분에 조금은 익숙해야 한다. 어디에서 왔어요? 아니, '진짜' 어디에서 왔냐고요, 하는 식의 비백인 코미디언 유머의 진행 방향을 따라가 웃으려면 무엇이 필요한가 생각해본다면. 너무 많이 들으면 '저 레퍼토리 또 나왔네' 싶어 하품하게 되고, 그렇다고 연주 목록에 한 번도 오르지 못한 이야기는 어디를 어떻게 받아들여야 할지 알 수가 없어서 또 하품하게 된다. 나는 자주, 웃음을 유발하는 이야기에 분노를 실어왔다. 그런데도 스탠드업 코미디가 녹슨 우산을 펴듯 펼쳐내는 발작적인 유머를 진행하는 서사에 고함을 쳤던 날의 이야기는 담을 수가 없었다. 기껏해야 "아휴, 또 나더러 중국인 소설가래,

자꾸만 팥떡을 달라는 거야" 하는 식으로 말하고 "미치고
환장하네" 하는 반응을 듣는 게 고작이었다. 그 대화의
방식이 비틀린 건 변수가 있었기 때문이다. 같이 프랑스
갈래, 하고 한국에서 데려온 나의 대화 상대interlocutrice.
그 여자가 나의 변수였다. 우리는 칼날같이 작은 방에서
잠시지만 같이 살았다. 꼭 붙어 자던 침대가 마치 배처럼
넓다고 느끼며.

  그는 웅얼거림으로 치부되는 나의 말들을 이야기로
만들어주었다. 아, 그래, 그 이야기들은 들었는데 그런
건 줄 몰랐어, 하면서. 그래서 청취는 능동적인 행위이다.
소리의 연쇄를 언어라는 사회적인 산물로 만들 때에도,
분명한 언어를 한낱 소리의 연쇄로 만들어버릴 때에도.
상대가 아무 소리를 내지 않고 앉아 있다고 해도
맥락con/texte은 청자와 화자가 공동con으로 생산하는
텍스트texte다.

  "그렇다면 과연 번역 불가능성을 만들어내는 존재는
누구인가?" 한 연구자는 모니크 위티그가 저작한 책
『La Pensée Straight』에 대한 발표 말미에서 이렇게
물었다. 그는 프랑스 페미니스트들이 레즈비언인
위티그에게 가한 압력으로 인하여 위티그가 도미하는
과정을 박사논문으로 썼다. 위티그의 해당 저작은
우리나라에서 '스트레이트 마인드'로 번역되었다.

발표자는 이성애 등의 불어로 적히는 대신 영어단어로
남은 스트레이트straight가 프랑스 사회에서 번역되지
않게끔 거부당한 위티그의 위치와도 같다고 분석한다.

　발표는 삼 일간 이루어졌다. 첫날 콜로키엄에서
발표를 들은 나는 다음 날 그에게 손 편지를 쥐여주었다.
프랑스의 한 남자 작가는 글을 쓰게 된 이유가 어린
시절부터 어른들이 자신의 말을 자꾸 잘라서라고 했다.
말을 끝까지 하려면 아이가 어른이 될 만큼의 기세가
필요하지만 글이라는 건 끝까지 쓰는 도중에 잘릴
위험이 없기 때문이다.

안녕하세요, 당신의 발표를 감명 깊게 들었습니다.
저는 ⊗⊗에서 온 ⊗⊗입니다. 저는 이 나라에서
끊임없이 번역 불가능한 존재가 됩니다. 사람들이
자꾸만 제 말을 알아들을 수 없다고 하거든요. 하지만
동시에 프랑스어를 끝내주게 잘한다는 칭찬도
듣습니다. 아마도 이쪽이 사실일 겁니다. 저는 지금
델피의 『주적』을 번역하는 중이고 이전에도 많은
책을 번역한 번역가이기 때문입니다. 그리고 내
나라의 동료들에게 프랑스어를 가르치고 있습니다.
수업에서 언어는 소통을 위한 수단이고, 소통은

서로의 빈 곳lacune을 채워주면서 이루어지는
행위이므로 아직은 가진 언어가 부족하다고
하더라도 상대가 자신의 공백을 알아들어주리라
믿으면서 말하기를 계속해보아야 한다고 합니다.
말은 해야 느니까요. 그런데 정작 나는 이 편지를
통해서 학계에 있는 사람이 제 말을 들을 거라고
처음으로 전제해보는 것 같습니다…….

레즈비언은 계급위반자다. 달리 말하면 도둑이다. 둘은
같은 말이다. 허락되지 않은 자리를 점하고 있다는
의미에서 그러하다. 반칙을 했다는 뜻에서. 사랑하던
두 사람이 함께 살다가 하나가 먼저 떠나면서 유산을
제법 남기고 유족이 그 사실을 아는 상황이 된다면 알
수 있다. 사랑하여 관계를 지속시키고 삶을 겹쳤다면
사랑하던 자리에는 물질이 남아 있다. 관계를 시작하는
시점에 이미 그것을 탐냈는가 노렸는가 이득을 취하려
했는가 하는 의심에 해명해야 하는데 이 사람을
옹호해줄 사람이 세상을 떠나버리면 의혹은 짙어진다.
　교수와 싸우면서는 저 날 편지를 건넨 연구자의
지도하에서 공부할 계획을 바쁘게 세웠다. 그러면서
나는 자꾸만 내가 밀항자 같았다. 관계는 상호적으로

굴러가고, 역할을 받으면 그렇게 행동하게 되는 법인데
그 나라에서 내가 맡았던 역할은 좀도둑이었던 것 같다.
걸맞지 않은 지위를 무려 즐기고 있는 자. 혹은 허락되지
않은 곳으로 이동하여 득을 취하려는 자. 뻔뻔한 것.
의심스러운 인물. 여자와 만나며 해명해야 한다고
느끼던 순간이 이때와 좀 닮았었다. 레즈비언이라는
주장에 순수한 사랑 외에 다른 동기가 있지는 않았는지.
경제적인 이득을 볼 리는 없으니, 정치적인 동기라거나.
멋져 보이고 싶다거나. '정치적 레즈비언 같은 건 없고
시위에 피가 끓는 레즈비언과 그냥 집에 있고 싶어하는
레즈비언이 있고 보통 전자와 후자가 사귀는데……'
하는 말로 비꼼 반 진실 반을 담아 대답하는 건
이런 배경에서였다. 명사와 형용사 레즈비언이라는
분류법도 의심하는 데 쓰였다. 명사와 형용사의
구분은 레즈비언됨을 본질로 환원시키는 데 반대하기
위해서 만들어진 이름이었는데도 이 역시도 가짜를
가려내기 위해서 쓰인다. **명사 쪽이 진짜고 형용사가
가짜다.** 명사와 형용사에 '-이다'라는 동사가 각각
달리 쓰이는 경우는 프랑스어에는 없고 에스파냐어에
있기에 오직 나는 레즈비언이다Estoy lesbiana라고
말하기 위해 에스파냐어를 배울까 생각하기도 했다.
나는 레즈비언이다Soy lesbiana라고 교정당하는 순간을

기다리며. 오류라는 지적을 당하고도 버티기 위하여.
상대에 대한 나의 감정 혹은 성적 각성이 나의 의식을
찢고 미끄러져 나갈 만큼 강렬하지 않다면 가짜.
의식적인 셈을 하면서 그쪽으로 가야겠다고 정하고
몸을 돌리려 힘을 조금이라도 쓴다면 가짜. 자연과
대비하여 그 움직임이 조금이라도 임의적인 경우.
조금이라도 사회적인 경우. 그러니까 섹슈얼리티가
변혁 가능하다고 보는 경우. 그런데 또 섹슈얼리티도
사회적 구성물이라는 결론은 반복적으로 복사,
붙여넣기되는……

그러나 우연히 맺어지거나 철저한 계산으로 같이 삶을
영위하기로 결정한 사이, 분석 혹은 직관, 사고 아니면
감정에 의해 정한 타인과 사정이 나쁘면 나쁜 대로,
좋으면 좋은 대로, 발생시킨 이윤을 나누면서 생활해가는
사이를 우리는 가족이라고 부른다. 가족은 절대 자연
발생하지 않는다. 나를 낳은 사람들과의 결별을 의미하기
위해 만들어진 개념이기는 하겠지만 '선택한 가족'이라는
표현은 어떤 의미에서 철저히 동어반복이다.

백주대낮처럼. 내가 이제부터 독립적인 세대를
구성해야겠다고 결심했던 시간대다. '채움 스터디'
간판이 걸린 엄마의 공부방을 지나 걸어가면서.
누군가와 눈이 맞거나 누군가에게서 한 대 맞지 않고서

환한 대낮에 걸어 나와 가족을 꾸리겠다고 말하는 일은
다소 이상하게 들린다. 가족은 심지어 집합명사니까.
나의 경우 레즈비언이 되는 사건은 자연스럽게
발생했으나 가족을 만드는 일은 그날부터 임의로
시작되었다. 그러나 두 사건은 저울에서 한 치도 밀리지
않는다.

내가 프랑스로 데려온 상대는 저울의 두 쪽 다였다.
선택한 타인과 만든 배타적인 단위. 모두와 함께 광장에
나가 있다가도 집으로 돌아갈 나의 유일한 일부. 여성은
자신 아닌 여성과 사적 세계를 꾸릴 수 있어야 한다,
하는 주장을 하다가 만난 타인. 여러 가지 이름으로도
말할 수 있겠으나 무엇보다도 기억으로 연결된 사이.
부잣집 딸로 태어나게 할 수는 없어도 부잣집 딸을
가르치게 해줄게. 어두운 밤 주황색 등불이 밝은 조용한
거리를 산책할 때에 오래도록 같이 살고 싶어 두근대는
마음으로 말을 건넸던 상대. 외국어를 잘하게 함으로써.
외국어는 콤플렉스나 장벽이기도 하지만 더 넓은
세상으로 나아갈 수 있는 열쇠요 더 높은 소득을 줄 수
있는 계단이었다. 특히 자신이 태어날 때부터 몸담은
사회에서 낮은 위치를 차지하는 여성들에게 그랬다.

그러나 장벽 너머에 곧바로 안락이 있는 건 아니다.
프랑스로 이민 온 사람들과 이야기를 나누면 하나같이

말 때문에 스트레스를 받고 콤플렉스가 생겨서 집 밖에 나가는 빈도가 점점 줄어든다고 했다. 백여 년 전 흑인 여성들은 흔히 두피 질환을 앓고 일하다 곧잘 화상을 입었다. 이때 마담 워커는 흑인 여성들의 두피를 낮게 하는 제품을 발명하고 판매해 미국에서 처음으로 백만장자가 된 여성이었다. 워커는 생전에 부동산 투자를 했다는 점에서도 비난받고, 백인을 흉내 내는 제품을 만들었다고 손가락질당하기도 했다. 그의 증손녀는 워커를 기린 전기에 그의 제품이 백인 여성의 머리를 모방하기 위한 직모제가 아니며 표현 수단이 뻗어 나올 토양을 갖추게 했다고 반박했다. 실제로 그 뒤로 콘로cornrow와 같은 아프리칸 특유의 헤어 스타일이 생겨날 수 있었다. 그렇다면 나오려다 막히고 들리려다 튕겨 나간 통로로 만개하게 될 것의 모양은 어떠할까. 뻗어 나와 서로 얽히지 못하고 막혀 있는 또 다른 것—여자와 여자의 마주 봄—과 비슷한 풍경을 그리리라 짐작했다. 전부 다 맹그로브 같으리라.

교수에게 참고 참았던 메일을 보낸 직후 그 상대와 리옹으로 여행을 갔다. 사월의 봄날, 홀가분한 옷차림과 가벼운 마음. 커다란 공원에서 사슴을 보고 돌아오면서 비로소 '내가 비자를 즐기는 중이구나' 말하면서 웃었고 산책을 하며 나눈 대화로는 논문 대신 다른 글을 썼다.

내용은 내가 고안했고 이름은 상대가 붙인 글이었다.

1. 발명의 배경

가. 본 발명의 기술 분야

본 발명은 한국어를 모국어로 쓰는 성인의 외국어
학습에 필요한 기술 분야에 속해 있다.

나. 종래기술의 설명

다. 종래기술의 문제점 및 본 발명의 목적

- 종래기술의 문제점

성인을 대상으로 한 기존의 외국어 학습
기술은 단어 암기나 문법 이해에 치우쳐 있다.
그러나 이러한 방식은 성인이라는 시기가
외국어 학습에 발휘할 장점을 충분히 활용하지
못한다. 그뿐 아니라 오히려 해당 방식 때문에
학습 효율을 저해하는 문제를 가지고 있다.
이 문제는 특정 나이대에 이르면 생애 초기에
언어를 습득한, 즉 자연과는 동떨어진 방식으로
언어를 학습해야 한다는 고정관념 때문에

생겨난다. 이 고정관념은 생애 초기 언어의
발달은 자연적이며, 성인기 이후 외국어
능력은 인공적 결과물이기에 생애 초기에
습득한 방식과 구분되어야 한다는 관점이다.
모국어mother tongue를 자연화한 이 관점에
대해 본 발명은, 언어의 습득이라는 현상을
탈자연화해서 문제 제기하려 한다.

- 본 발명의 목적
본 발명은 흑인 시인인 오드리 로드의 말과 같이
'분석이 직관을 가리지 않게' 하여, 생리적인
현상과 지적인 작용의 사이에서 일어나는 언어의
발달을 증진하는 데 목적을 둔다. 이를 성인기에
구현하기 위해서는 단어의 형성 자체와 분리할 수
없는 모국어로부터 모성의 역할을 분리하고, 이를
사회적인 것으로 바라보는 관점이 도움이 된다.
모성을 자연물로 보지 않는다면, 그래서 생애
초기 인간의 언어 발달에 지대한 영향을 끼치는
어머니—해당 언어의 능숙한 구사자—의
역할이 자연화되었음을 지적한다면, 흔히
자연으로 등치되어서 비가시화되지만 모성을
실현함으로써 모국어를 이식한 성인의 존재를
부각할 수 있다. 따라서 본 발명의 목적은 모성과

언어가, 따라서 모국어가 사회적인 구성물임을
주장하는 데 있다. 그리고 이를 외국어 학습에서
재현하고, 이 관점을 특허를 통하여 보호하는
데 있다. 모성을 사회화하는 관점을 언어 학습에
적용한다면 능숙한 구사자와 초심자 간의
상호작용과 반복 학습에 기반한 언어의 폭발적인
습득이 생애 시기와는 무관히 이루어질 수 있다.
본 발명을 통해 신체 나이와 무관하게
성인기에도 직관적으로 외국어를 습득할 수
있으며, '까막눈', 즉 분석적이고 개념화된
지식이 없이 현상을 직관을 통하여 물자체로
바라보는 상태에서 학습 효율이 더욱 높다는
사실을 증명하고자 한다. 성인의 외국어 학습이
어렵다는 고정관념을 자아내는 관점, 모국어와
외국어의 임의적인 구분을 걷어낸다면 오히려
성인이라는 생애 시기의 이점을 외국어 학습에
활용할 수 있다.

라. 발명의 효과

인간에게는 언어를 발달시킬 능력이 선험적으로
존재하나, 이는 흔히 모국어의 발달 과정이
사회적인 관여 없이 '저절로' 이루어졌다는

환상으로 오역된다. 또한 이는 외국어는 비자연,
즉 인공적일 수밖에 없어 '부자연'스럽다는
관념으로 굳어진다. 이는 막대한 시간적, 금전적
비용을 초래한다. 따라서 모성이 자연물이
아니듯, 모국어라 할지라도 임의적인 과정을
거쳐 학습되었다는 사실에 기초한 학습 방식을
발명하면, 탈자연화된 방식으로 학습하되
부자연스럽지 않은 외국어를 구사하는 효과를
기대할 수 있다.

나는 "누가Quelqu'un 누가nougat 사다 달라고 했는데."
"누가Qui?" 같은 말장난을 좋아한다. 이런 말장난은
언어langue에 문득 풍선껌과 같은 질감을 부여한다.
더 정확히는 그런 대화를 진행하기를 좋아한다. 내
중얼거림을 '누가?'로 받는다거나 그의 중얼거림에
대한 나의 대구에 짧은 간격으로 키득거림을 돌려주는
상대와 대화를 주고받으며 걸어간 거리는 별수 없이
영원히 기억된다. 키득거림이 한 번의 우연에 그치지
않는 동안 대화는 사뿐하게 날아오른다. 정보를 전하고
사라지려던 말의 꼬리를 백설공주를 도와주는 새가 파이
반죽처럼 물고 날아가면, 저 입 속에 무슨 말이 있을까

유심히 보게 된다. 주고받는 문장의 형식과 내용이 일치해 리듬이 생겨날 때 말과 말은 노와 같이 쥐인다. 방금까지는 나와 무관하던 시간을 직접 밀고 나아가는 경험을 선사받는다. 그런 질감을 유독 즐거워하고 그 즐거움을 곧잘 기억하는 상대에게는 불어로는 혀와 언어가 같은 단어langue라는 걸 아느냐고 살짝 속삭이고 싶어진다. 화면 너머로 오물대는 입술을 넋 놓고 보다가 '저기다 삶을 걸면 어떻게 될까?' 혼잣말했던 첫 기억이나 발음을 고쳐주겠다고 입 속을 들여다 볼 때에도 그랬다. 지나간 대화를 스캔하는 약간의 시간 차와 함께 '이런,' 하는 장난스러운 눈빛이 쨍그랑 하고 떨어지는 양을 보고 싶어서. 혹은 열고 꺼내고 섞고 싶어서. 그러니 첫 문장 다음에 '누가?' 라는 글자를 똑같이 떠올리고, 비슷한 속도로 입 밖에 내놓기까지 할 만한 사람이라면 붙잡힌 손목에 문장을 새길 만하다. 반대로 '누가?'를 슬쩍 떠올렸어도 들어봐야 웃을 사람이 없으니 무슨 소용이냐 느끼면 입을 다물게 된다. 그럴 땐 그렇게 걸어 다녔던 거리에라도 스스로를 데려다 놓아야 살 수 있다. 그러한 연유로 리옹에 왔다.

　말장난을 좋아하니 리옹을 좋아하는 이유 가운데 도시의 슬로건이 '온리 리옹only lyon'이라는 이유도 오랫동안 한몫했다. 우연한데 앞뒤가 딱 맞는 것.

강릉에 가는 기차에서 아녜스 바르다가 리옹-lyon과
사자lion의 이미지를 연속적으로 등장시키는 언어유희를
영화로 구현했다는 이야기를 읽은 이후로는 더더욱
리옹을 좋아했다. 유람선과 언덕 초입에 인도 치마를
터무니없는 가격에 팔아 두 아시안 여자의 화를
돋웠던 가게, 울퉁불퉁한 돌바닥, 재즈 바, '까막눈이
프랑스어'가 태어난 길거리에서부터 리옹 역까지가
추가되면서는 그 비중이 급격히 줄었으나.

　리옹에서 돌아와서는 성인이 되어서 프랑스어를
처음 접한 한국인 여성 수강생들을 가르친다. 부르라렌
길거리를 걸으면서 가르친 한 명을 대하던 시간과는
모든 것이 달라졌지만 또 한편 변함없는 방식으로.

　프랑스어를 처음 배우는 학생들은 백이면 백
스크립트에 매달린다. 두렵기 때문이다. 하지만
말하기는 음정의 높낮이를 바꿀 필요가 없는 음악이라
음표를 보는 법은 나중에 배워야 한다. 소리의 세계는
글자의 세계와 별도로 존재한다. 소리의 세계는 글자의
그것보다 훨씬 빠르게 돌아가고, 제 몫을 다하면 흔적
없이 사라져 글자에 쉽게 진다. 그러나 언어에서는 음과
음만큼이나, 혹은 그보다는 음과 음 사이가 더 중요하다.
언어를 잘 연주하면 음들과 그 사이가 전하는 메시지만
남고 그걸 감싼 형식은 상황에 참여한 누구에게

되물어도 기억하지 못한다. 그러니 외국어를 잘하려면 기존에 알고 있던 지식을 학습하는 대신 미끄러져 나가는 경험을 얻어야 한다. 배우는 데에는 많은 게 필요해도 배우지 않는 건 누구나 할 수 있다. 돈이 많다고 다 가질 수 없는 것을 가졌다는 자긍심만큼이나 나는 화용, 실천, 연습, 실용, 어느 단어로도 뻗어나갈 수 있는 이런 유의 배움이 배움이라는 행위가 일어나기 직전까지 지니고 있었던 모든 것과 무관하고 평등하게 접근 가능할 수 있다는 점이 좋았다. 외국어 화용에 대한 가장 오래된 기억은 영어를 배운 지 얼마 되지 않아 놀이터 벤치에 앉아 있던 외국인 노동자를 발견하고 그의 곁에 나란히 앉아 지금 시간이 몇 시냐, 하는 유의 질문을 한 것이다.

긍지를 가지고, 복수의 사람에게, 아무렇게나. 외부의 상황과는 무관히 내 힘으로만 얻어낼 수 있고 내 힘으로는 도저히 어쩔 수 없는 우연에 기꺼이 굴복하면서. 극장 문을 열고 들어가서 자리가 있나요, 물어보고 16시 공연을 보러 온 게 맞으세요, 되묻는 사람에게 아니요, 대답하고 그거 말고, 를 담은 눈으로 포스터를 가리키니 17시 30분 공연은 자리가 많으니까 20분 전에만 오면 충분하다는 답을 듣고, 끄덕인 다음에 문을 나가는 동안. 누가 무슨 문장을 어떻게 썼는지 기억하기 위해서는 임의의 노력을 기울여야 한다.
그렇게 해서도 어떤 글자가 나왔는지는 다 잡아낼 수
없다. 문을 나서기도 전에 모든 건 사라진 지 오래다.
원본이 빠져나간 문을 둘러싸고 한 박자 늦게 ……그렇게
말하지 않았던가? 아마도 맞을 거야, 하는 추측만
무성하다. 말소리가 제 속도로 청자를 통과해서 반응을
이끌어내는 작업에서 글자는 무관하다. 문자언어가
음성언어보다 나중에 발명되었으니까 역사적으로도
떨어져 있을 것이다. 빠르고 불명확하고 즉각적인
소리를 글자는 틀 잡는다. 경험과 범주의 관계처럼.
그래서 아무리 소리가 무성했다고 해도 글자로 꼭
남겨야만 한다. 그래도 소리는 항상 글자에 앞선다. 어떤
의미에서든. 그러니 물속에서 쓸 수 있는 만큼의 언어만
자기 것이다.

안녕하세요, 오늘 소리 내어 시간이지요. 자료는 카페에
올려두었지만 아직은 열지 마세요. 지금으로부터 딱
백 년 전, 1920년대에 개척자들les pionnières이라고
불린 여성들이 모더니즘이라는 사조를 만들었어요.
1920년대는 전쟁과 맞물려 남자들의 수가 적어지고,
질병이 창궐하면서, 여성 예술가들의 작품이 폭발하던
시기였어요. 그때 살롱을 열어 여성 예술가들이 자주

드나들도록 장소를 제공한 여자들이 있었습니다. 작품이
나오기 위해서는 작품을 만드는 사람들이 모일 수
있는 실제적인 장소, 영향을 주고받을 만한 동료들과의
관계망이 필요하지요. 그 자리를 제공한 여자들은
그맘때 주로 바지를 입었다고 해요. 바지를 입는 선택은
여성성에 갇히지 않고 자신의 삶을 직접 결정하고자
하는 의지가 의복으로 드러난 것이라 합니다. 그런데
흥미로운 사실은 그렇게 자유를 추구하는 이들이
주로 여성과 연애를 했다는 겁니다. 보부아르와 같이
누군가는 그저 이 모든 걸 남성 모방으로 보겠지만,
저는 두 사실이 우연이 아니라 이 여성들이 자기
업장을 가졌다는 사실이 레즈비언 섹슈얼리티와 같은
결을 가졌다고 봅니다. 물질성을 가진 신체를 스스로
소유하겠다는 욕망. 여성복수형을 써서 '개척자들'이라는
제목으로 열린 전시 중에서 레즈비언 관계를 일컫는
말이었던 두 친구deux amies라는 부분에 대해 함께
읽어보겠습니다. 잘 들어보세요.

　　로자 보뇌르는 동물을 그렸다. 그는 유명하고
부유했던 화가다. 바지를 고집한 레즈비언이었으나
소개에는 바지를 입은 자유로운 여성, 진정한 여장부,
정의로운 여성 정도로만 서술되어 있다. 그러나 그는
그림을 그린 돈으로 성을 구입해 여자인 애인과 살았다.

이번에는 그를 다룬 도록의 설명을 읽어보면서
레즈비언을 비가시화하는 서사가 어떻게 만들어지는지
살펴봅시다…….

"역 앞으로 데리러 와달라고 할 수 있을까? 배터리가
없어서. 폭스바겐 앞에 있을게."

프랑스어에도 반말과 존대가 있다. 그런데
한국어에서는 존대가 대화 참여자 내부의 위계를 가를
목적으로 쓰이는 경우가 적잖은 것 같다. 가난한 가족이
구입하는 감자 같다.[크리스틴 델피는 가부장제 이성애
가족 내 불평등을 분석하면서 자원이 부족한 가정에서
감자를 '할 수 없이' 조금 사고 그것을 가장의 몫으로
돌리는 상황을 드러낸다. 감자 값이 오르면 나머지
구성원은 면 등을 먹는데, 그때 감자는 가족과 가족
간에 존재하는 불평등의 결과가 아니라 가족 내부에서
불평등을 생산하는 원인이 된다. 사실 모두에게 감자가
돌아갈 수 없는 상황이라면 모두가 면을 먹으면 된다.]
프랑스어에서는 상호적인 거리감을 나타내는 척도로 더
많이 쓰인다.

쳄의 집에 초대를 받은 날, 그의 남편이 나를 데리러
오기로 했다. 나는 길가에 서서 초조한 마음으로
두리번거린다. 그의 얼굴을 본 적은 없다. 나는 남편의

국적과 이름, 성별만을 알고 있다. 길가에는 많은
사람이, 하필이면 남자들이 많이 지나다닌다. 내가
찾는 사람은 중년 여성의 남편이므로 열두 살은 아닐
것이다. 칠십 살도 아마 아닐 것이다. 나를 놀리는 듯
유독 내 얼굴을 똑바로 보면서 나에게 가까워졌다가
휙 틀어서 제 갈 길을 가는 남자들이 왜인지 많다.
강아지를 산책시키는 사람이 둘 스쳐 지나간다. 강아지
둘이 서로 으르렁대다가 멀어진다. 하나는 강아지라고
부르기 어려운 커다란 개, 다른 하나는 자그마한
요크셔un p'tit yorkshire다. 커다란 개의 주인이 짖는 개를
안심시키며 쓰는 문장에 주의를 빼앗겼는데 백발을
높이 묶은 한 깡마른 남자가 다가온다. 당연하다는 듯이
내게 말을 건다. 나를 알아보기는 어렵지 않을 것이다.
폭스바겐 앞에 서 있는 아시안 여자는 한 명뿐이다.
쳄의 남편이군요? 그는 끄덕인다. 나는 이제부터 그를
알게connaitre 된다. 다른 사람들과 구별 가능하고, 다른
곳에서도 식별 가능하다는 의미로서.

그렇게 식별 가능하게 된 사람은 북적거리는
시장에서도 알아볼 수 있다. 지난번 시장에서 마셨던
깜짝 놀라게 맛있는 사과주스를 찾아 다시 들른 아침
시장에서, 상인으로 맞닥뜨린 쳄처럼. 이전 맥주를
마시고 헤어진 뒤로 그는 "한번 보자!" 하고는 도대체

답장을 주지 않았다. 그리고 몇 달 뒤. 고개를 숙이고
사과를 정리하는 상인의 곱슬한 머리와 이마가 그의
것과 참 닮았다고 생각하고는 내가 아시안이면 아무나
자매지간이라고 생각하는 백인처럼 우를 범하는 중일지
약간 고민한다. 뒤에 줄 선 손님이 상인에게 사과 가격을
물어본다. 3유로, 하는 그의 목소리가 맥주잔으로
테이블을 쾅쾅 두드리던 대화를 불러온다. 의심의
급격한 감소. '어?' 하자 나를 보고 '아!' 하고 반가운
표정을 돌려주는 상인. 사건 종결.

　인간은 나를 알아봐주지만 단어나 문장은 나를
알아봐주지 않는 점에서만 조금 다르다. 특정한
상황에서 쓰인 단어나 문장은 대략적으로 짐작 가능한
범위가 부채꼴처럼 존재한다. 그 안에서는 잔잔한
동요와 혼란이 이는데 단서가 쌓일수록 의미는
좁아져간다. 그렇게 식별 가능한 사이가 된 단어를 다른
곳에서도 알아보면 단어집에 올릴 수 있다.

　수업에 한참이나 빠져도, 기억하는 표현이 없거나
적어도 개의치 않지만 단어장을 만드는 문제에 대해서는
무척 엄격하게 구는 까닭은 단어집은 내가 언어와
만드는 아주 고유한 맥락이기 때문이다. 몸 안에 남아
있을 목록을 편리하게 옮겨놓은 것이다. 내 몸 안에
맺힌 방울 같은 어휘들을 잊지 않고, 머리카락과 이마만

마주쳐도 알아볼 수 있기 위하여. 의심을 감소하고
확신을 늘리도록. 같은 수업에 참여한다 해도 참여한
모든 사람이 단어집에 기입하는 단어의 순서와 목록은
모두 달라진다.

   소리는 언어의 원형이고, 그리하여 모든 언어는
기본적으로 찰나적이다. 다만 글자로 적어둔 어떤
문장은 그 소리를 다시 살게 해준다. 운이 좋다면
발음에 미숙해서 마치 호빵을 입 안에서 불어먹듯
골골거리는 목소리denfert rochereau가 몇 번이고 귓가에서
들리기도 한다. 그래서 좋은 말은 글로 남기고 싶고
좋은 글은 소리 내서 읽어보고 싶다. 식별이 가능해진
뒤부터는 단어집을 만들라고 하는 이유도 똑같다.
날아가버릴 것을 잊지 않기 위하여. 내게는 처음부터
내게 프랑스어를 배웠던 사람이 자신의 의지대로 그리고
오류 없이 생산한 첫 문장이 그랬다. 수없이 귓가에 흘려
넣어준 내 문장의 조각들이 타인의 고유한 질서 위에서
새로운 문장을 내게 돌려주었던 순간을 나는 꽃이 핀
날처럼 기억한다.

   생산이라는 단어를 쓴 까닭은 언어에도 생산성이라는
게 있기 때문이다. 언어학에서 쓰이는 이 개념은
일반적인 의미의 생산성과는 조금 다르다. 유한한
어휘로 무한한 문장을 만들어낼 수 있는 능력을 말한다.

나는 이 개념을 좋아한다. 어떤 단어가 다른 단어 옆에 붙고, 단어가 단어와 상황에 따라서 위치를 바꾸고, 단어에 담기는 시간에 따라 모양을 조금 바꾸고, 그 사이에 들어가는 단어들이 추가되거나 빠지는 동안 단어와 단어를 구심으로 한 숱한 문장이 생겨난다. 텍스트가 복수로 생성되면 맥락이 만들어진다. 언어의 생산성에 대해서 설명하는 순간마다, 그것이 지나가는 자리에 맥락이 만들어진다는 점에서 여자가 여자와 만들어내는 관계와 비슷하다고 생각했다.

언어의 생산성을 실현하는 시점이 찾아오기 위해서는 시간이 좀 필요하다. 듣고 의미를 이해한 단어와 문장들이 잘게 썰려 섞이고, 무슨 문장을 들었는가 기억할 수는 없지만 주위를 둘러보면 들어본 적 있다고 여겨지는 글자들이 늘어나고, 특정한 상황에서 할 법한 짧은 말―안녕하세요, 고맙습니다, 또 봬요―을 모방하는 순간이 쌓이다 보면, 처음으로 자신의 안에서 부여잡은 어휘 여러 개를 적절한 순서와 형태로 배열해서 내놓을 수 있게 된다. 그렇게 생산한 문장은 세상에 많이 존재한다 해도 기존의 것과는 구분되는 새것이고, 자신의 지문이 묻어 있기 때문에 그저 모방해서 뱉었던 다른 문장들과도 구분해서 알아볼 수 있게 된다. 너는 나의 환희야Tu es ma joie처럼.

이렇게 프랑스어를 가르치는 수업의 이름은 용꼬리반이다. 여성들을 몸보다 작은 굴에 가두어두는 뱀 머리 전략[일단 문을 열고 들어가면 점점의 개인들이 그날의 볼일을 찾아서 사방팔방으로 흩어지고 다시 집으로 돌아가는 영역일 뿐일 대학 캠퍼스에서 굳이 머리와 꼬리의 비유를 써가면서, 게다가 굳이 성적에 따라서 선봉과 후미를 나누어야 한대도 이는 학교생활이 모두 끝난 뒤에 결정된다는 사실을 애써 무시하는]에 반대하기 위해서다. 이는 정치적이기도 하고 경제적이기도 하다. 그리고 둘은 애초에 그다지 분리할 수 없다. 쉬운 시험을 고득점으로 확실히 합격함으로써 위험과 비용을 아끼는 전략은 여성들의 것인 양 굳어졌는데[유사한 범주로는 여성들에게만 운전면허 2종에 응시하도록 유도하며 '그 정도면 충분해' 하는 경우가 있고 모두는 두 글자로 '안정'으로 요약할 수 있다] 확실한 합격 이후 다시 중급 시험에 응시할 결심을 할 때까지 더 오랜 시간과 비용이 들기에 장기적으로는 비경제적이다. 초급 시험에 높은 점수로 붙는다 해도 중급자는 아직 아니기 때문에, 중급 시험에 응시할 때까지 가야 할 길이 멀게 남아 있다는 사실은 잘 변하지 않는다. 먼 길을 가야 한다는 부담감은 작은 봉우리를 넘은 사람들을 골짜기에 갇히게 하고, 그 사이에 몇 년의 시간이 흐르게도 한다. 프랑스어를 단순한 취미보다는 진지한 재미를 추구해 배우지만 당장 프랑스에서 생계를 이어야 하는 상황이 닥치지 않은 경우 특히 그러하다. 그래서 응시료를 낭비하는 부담을 치르고 한 번, 예상컨대 실패한 뒤 두 번째에 붙으라고 권하였다.

"중급에 해당하는 프랑스어 자격시험 B1에 응시해서 실패할 사람을 모집합니다" 하는 용꼬리반 모집 문장은 외국어 불안을 가진 사람들의 문제를 해결하는 데 도움이 된다. 절대로 실패하지 말고 완벽해야 해, 하는 내면의 소리는 '되도록이면 쉬운 성취를 높은 완성도로 얻어라' '굳이 거머쥐기 어려운 성취를 탐내겠다고 한다면 거기에 이르는 데까지 소요되는 어떤 과정도 내비치지 마라' 하는 외부의 명령에서 왔다. 명령을 하는 이들은 대체로 을러댄다. 재수는 안 돼. 그러니까 잘해. 원하는 대로 하고 싶다면 네 돈으로 해. 하지만 무리를 동반하지 않는 성장은 없다. 나중에야 어깨고 목이고 굳게 되지만 우리는 애초에 머리뼈가 닫히지도 않은 채 태어났다니까.

귀로 이해하고 입으로 모방하다가 직접 생산까지 가는 단계 중에, 자연스러운 프랑스어 표현을 가려내보라고 시키면 가르친 지 얼마 지나지 않은 수강생들은 금세 잘들 맞힌다. 어떻게 맞혔냐고 물으면 그들은 토니 모리슨의 책에 나오는 화자처럼 답한다. "쯧, 나는 안다."
그러다 스스로 놀란다. 내가 왜 알지? LMG어학원이라
이름 붙인 우리 학원의 효능으로 말할 것 같으면
이곳에서 입문해 두 달 조금 넘게 불어를 배운 사람이
이후로 4개월간 완전히 손을 놓아도 편지에 '혼자
일하는 동안 눈물을 흘렸어, 네가 매일 생각에 들어와,
두려웠는데 너도 나에 의해서 두려웠겠구나, 미안해'
등등을 한 바닥 쓸 수 있는 정도라고 하겠다. 아주
쉬운 단어 뒤에 소리 나지 않는 글자—예를 들면 s—가
있었다는 사실을 잊을 수는 있다. 밖에서 붙인 규칙은
몸이 펜 옷가지처럼 훌렁훌렁 잘 떨어진다. 그래도
표현하고 싶은 마음을 소리로 낼 수는 있다. 편지에다
받아 적은 그 소리는 목보다는 아래에서 날 테고 목까지
올라가는 대신 흉곽에서 바로 손으로 흘러 나갔을
것이다.

　여기에서 배우면 시험에 무조건 붙여준다는 장담은
하지 않는다. 그런 학원은 세상에 많고 이미 많은 걸 또
반복하고 싶지는 않으니까. 그러나 첫 학생이 보통은
1년쯤 걸리는 B1에 10주 만에 합격했다는 사실에는
두고두고 자긍심을 가질 만하다. 정확한 규칙을 지키기
위해 난잡한 방식으로 익히기를 마다하지만 않는다면
누구보다 빠르게 미끄러질 수 있다. 소리에 붙이는

규칙들은 노력과 재능, 시간이라는 요소들에 의해 빨리 혹은 느리게 잊힐 수 있지만 그렇다 해도 만들어내고자 하는 물질의 모양은 남는다. 그마저도 시간이 아주 많이 지난다면야 잊을 수도 있다. 그래도, 4개월이 두 번쯤 지나도, 길을 걷다 누군가 같은 소리로 말을 걸면 여전히 적절한 반응을 할 수는 있다. 그러다 또 시간이 지나면 반응하는 방법을 잊어버릴 수도 있다. 그런 시간이 또 두 배쯤 지나면 그렇게 될 것이다. 그러나 들어보았던 소리라고 여기게 할 수 있고, 다른 방식으로 내는 소리와 구분하게 할 수 있다. 소리와 소리에 대한 반응을 익히게 하는 일이 먼저이고 글자와 문법은 나중에 온다는 게 놀라운 방법은 아니다. 게다가 모두 무슨 말인지 알 것이다. 이만한 길이의 문장을 독해할 수 있다고 한다면 이미 살면서 한 번의 학습을 거친 셈이기 때문에. 모두 자신보다 숙련된 사람이 내는 소리를 따라 여기까지 온 것이다. 본질은 어릴 때 찾아왔다가 사회화가 된다고 사라지지 않는다. 나이가 든다고 해서 모든 게 멈추어지지도 않는다. 몸 바깥으로 소리를 내보내고 들여보내는 일을 적당히 멈추어도 아무도 모른다는 사실을 알아내고, 제 꾀에 제가 넘어가서 그 멈추어버린 시간을 의식적으로 복구할 필요가 있을 뿐이다. 그래서 한국인인 내가 한국인에게 프랑스어 발음을 가르치는

수업은 자연적인 것과 사회적인 것의 이분법에 대해
흔하게 쏟아졌던 질문에 또 한 번 답하는 과정이다. 몸은
언제나 문화적이고, 언어는 머리와 함께 몸에서 나온다.
누구와 말했느냐, 무엇을 듣느냐, 어떻게 말했느냐는
몸에 고스란히 남아 있다. 다른 방향을 향하는 연습을
한다고 해도 의식을 활용하기 어려운 급한 상황에서는
금세 디디던 곳을 디디게 되는 건 아마도 본성보다는
관성과 관련이 있다. 본성에 대해서는 무관심으로
일관하기로 했어도 관성은 길이 들면 바뀐다고 믿는다.
　　한국어를 쓰는 관성을 가진 사람들에게 프랑스어는
까다롭다. 한국어는 담화에서 성별을 중요 요소로
생각하지 않는 언어다. 그래서 그 사람이 나보다 혹은
너보다 손위인지 아래인지가 중요하다. 그런 언어에
익숙한 사람들은 프랑스어에 대해서는 '이 나라 말은
무슨 단어마다 성별이 있다던데' 하고 배우기를 일단
꺼린다. 한국인에 페미니스트이기까지 하다면 더욱
분개한다. 여성이 다수인 집단에 남성이 한 명만
포함되어도 그 남성들ils이라고 표기해야 하고, 심지어
이 규칙을 늘 남성이 이긴다emporter라고 관습적으로
일컫는다는 걸 알고 나서는 길게 늘어선 오셀로 알이
차례로 뒤집히는 맥없음을 느끼게 된다. 그러나 나의
경우 이 규칙을 제외하고는 의외로 프랑스어에 성별이

있다는 사실에 그다지 거부감이 없다. 이성애가 독점한 담론 안에 위치하고 있다는 사실 외에는 여성이라고 표기되는 신체가 별문제가 아니듯이.

혹은 이 규칙이 만들어내는 아주 구체적인 어떤 순간들을 좋아하기도 한다. 가르친 학생들이 성별 표기 오류를 낼 때 특히 그러하다. 구술시간에 디디에 에리봉을 한 치의 의심 없이 그냥 작가[*]라고 발음하거나. 틀린 단어에 키득대며 고쳐주면 '언니가 작가écrivaine라서 그렇게 말한 건데 프랑스어에 그런 단어écrivain도 있어?' 하며 나타나는 세상이 붕괴된 표정. 오직 자신과 관련된 단어를 기억하는 데만도 어려워 남성형을 대거 누락시키는 여자들, 기존의 언어 구조에서는 자기 존재를 나타내는 단어가 기본형이 되지 못한다는 사실까지는 가지도 못한 이 새로운 것. 기존의 세계와 아무리 닮았더라도, 아주 미세하게만 다르다고 하더라도 새로운 건 새롭게 보아야 한다. 아무리 엄마를 빼닮은 딸도 타인이라는 걸 알 수 있다면 그렇게 볼 수 있다.

새로운 말을 쓰는 학생들에게 중국인들은 젓가락을 씁니다, 하는 문장을 받아쓰게 시키면 꼭 절반 정도는

[*] 원래는 작가(écrivaine) 대신 남성 작가(écrivain)라고 말해야 한다.

중국 남자들les chinois하는 대신에 중국인들les chinoises
하고 문장을 시작한다. 몇 해 전 글쓰기에 대한
수업에서는 파격을 위해서는 격을 잘 알아야 합니다,
하고 강의를 했다. 그러나 정확한 의도를 담아서 질서를
빠져나가는 몸짓은 질서를 익혀볼 심산으로 시도한
동작이 미숙함으로 인해 삐끗하면서 우발적으로
질서를 뒤흔드는 순간의 파급력을 결코 이길 수 없기도
하다.[이건 다른 이야기 중에 한 말이었지만 그래서
혁명에는 우연이 반드시 포함되어야 한다고 말했나
보다.] 내가 말실수를 좋아하는 까닭은 오류가 질서를
보여주기 때문인데, 이런 방식의 실수를 하는 학생들을
보노라면 그들이 구성하는 세상을 보여주는 이 오류를
바로잡지 않는 대신 그저 놔두고 싶은 못된 기분도 든다.
그래도 못 본 척할 수는 없기 때문에 방금의 구체적인
구문은 틀렸더라도 자기 세계를 구성하는 중심성 자체는
제대로 세워졌고 원칙은 그렇게 가져가야 마땅하다고
언급한다. 여성이 아무리 많아도 남성 한 명 섞이면
남성 복수형으로 써야 할지언정 프랑스어의 기본형이
남성형이라는 말은 틀렸다.

  연인들les amantes이라는 단어에서 드러나는 성별도
좋아한다. 여성인 연인une amante은 "남성에게 부드러운
감정과 태도를 취하는 여성"이라는 정의를 가지고

있다. 여자 연인과 남자 연인이 만나면 남성형 복수의 연인들les amants이 된다. 여자는 남성과 연인이 되는 순간 그 존재가 형식에서부터 자취를 감춘다. 남자와 여자가 연인이라는 단어로 만나면 남자 둘과 분간할 도리가 없다. 게이 커플과 헤테로 커플이 같아진다. 남성을 중심으로 한다는 면에서 그럴 것이다. 그러나 연인들les amantes은 다르다. 이 단어는 여성과 여성이 연인이 되었음을 명확하게 표기한다. 세상은 이 단어에 들어간 여성형e을 오류로 인식하고 친절히 교정한다. "제 책의 제목은 꼬리를 문 뱀……" 하면 아, '제' 꼬리를 문 뱀? 하고 지나가는 사람들처럼. 단어의 철자를 고쳐주기corriger에만 그치지 않는다. 그런 건 존재한 적이 없었다고 부정하거나, 그렇게 존재해도 되는 시간과 장소를 세상으로부터 분리해 별도로 정해준다거나[여학교는 그 둘이 교차하는 정점이다], 강제 결혼 혹은 교정강간correction이 일어난다. 실제로 구글에 연인들les amantes을 검색하면 남성형 연인les amants 말씀이신가요? 하고 버릇없게 물어본다. 모니크 위티그와 그의 오랜 연인 상드 자이그의 『연인들의 사전을 위한 초고Brouillon pour un dictionnaire des amantes』 서문에는 "아름다움 안에서 나의 연인들을 노래하리라En beauté je chanterai mes amantes"라고 번역된 레즈비언 시인

사포의 글귀가 인용되어 있다. 지워지지 않고 돌출된 'e'자는 마치 그들의 사전 속에 끊임없이 언급되는 클리토리스 같다. 이 둥근 세계를 한 발만 넘어가도 못 들은 척하거나 잘못 짚은 취급을 당하게 되는.

　연인인 위티그와 자이그는 『연인들의 사전』이라는 책을 함께 썼고, 어떤 연인들은 연인으로 유명했던 알려진 사람들의 관계를 빌려 놀이를 한다. 놀이는 세상을 미리 학습하는 방식이고 성별이 역할에 붙어 있지 않은 여자들 안에서 이 놀이는 무한히 변주될 수 있다. 위티그는 너무 유명하니까 나는 자이그 할래, 자이그도 대단한 사람이거든? 하는 문장을 시작점으로 루스 베네딕트와 마거릿 미드, 아델 에넬과 셀린 시아마, 토베 얀손과 툴리키, 울프와 색빌웨스트처럼 실제 인물을 빌려다가 하는 놀이는 말라와 프랜, 마리안느와 엘로이즈, 캐럴과 테레즈, 팻과 태리처럼 영화 속의 인물로 각도를 틀 수 있다. 그러다가 한 명은 문법을 맡고 다른 하나는 어휘를 맡는 식으로도 계속될 수 있다. 행성이 역행이라도 하는 시기에는 잠깐 충돌할 수 있지만 그런 김에 서로가 맡으면서 건너왔던 역할을 스위칭하면서 또다시 할 수도 있다. 레즈비언 캐릭터가 부족한 세상의 문제를 한 관계 안에 여자가 둘이라는 장점으로 해결하는 좋은 방법이다. 만일 그렇게 놀

상대를 대충 이삼십 대에 만난다면, 보수적으로 가정했을 때 그렇게 노는 해를 대충 사십 번쯤 하면 삶이 끝난다. "신나게 놀았다!It's been a great ride!"* 하고 죽을 수 있을 정도다. 연인끼리 서로를 즐겁게 할 목적으로 만들어내는 대사와 각본은 진짜 대사와 각본이 되고 유희적인 의미의 작업은 놀이로 시작했다가 일로도 옮겨 간다. 토베와 툴리키는 무민의 작업을 같이 했고 그 안에 둘 다 등장한다. 위티그와 자이그는 사전 이외에도 「끝없는 여행」이라는 제목의 레즈비언 버전 돈키호테 연극을, 프랑스의 영화감독 셀린 시아마와 배우 아델 에넬은 영화 「타오르는 여인의 초상」을 만들었다.

위티그와 자이그는 둘이서 만든 사전 속에서 사포를 공백으로 비워두었고, 클리토리스라는 단어는 끊임없이 등장시킨다. 사전 속에서 사전dictionnaire이라는 단어의 항목은 대충 다음과 같다. "사전의 배열은 인류 역사에서 쓸데없는 요소들을 사라지게 해줄 수 있다. 이를 누락lacunaire하는 배열이라고 할 수 있다. 공백lacune은 더 많은 걸 보여주기 위해서 완서법, 즉 덜 드러내는 말하기의 일종으로 사용할 수 있다." 『연인들의 사전』에 등장하는 단어와 공백은 모두 자의적이고, 그리하여

---

* 한 레즈비언 다큐멘터리에서 주인공이 팔에 새겼던 타투다.'

정치적이다. 메모장을 꺼내는 대신 팔뚝에 손가락으로
휘갈기며 배운 단어가 곧 이은 시험에서 주제로 출제된
일을 함께 겪은 연인의 사전에는 나타난 즉시 자취를
감춘 그 단어의 행적이 타투보다 분명하게 남아 있을
것이다. 단어의 발명뿐 아니라 기존의 단어에 붙는
정의도 임의적일 텐데, 내가 만든 '두 사람 이론'에서
가장 좋아하는 부분은 이 자의성에 있다. 두 명의 승인만
얻으면 온 사회의 동의를 구한 셈이므로 둘 외에는
아무도 모르는 말들이 뻔뻔스럽게도, 은어도 아닌 가장
일상적인 단어의 자리를 차지할 것처럼 혹은 누구나
쓰는 말들이 전혀 다른 뜻을 달고 무려 사전에 등재될 수
있다. 문법도 법이라면 사전은 법전이라고 할 수 있다.
  이런 이야기를 해보겠다고 새로 들어간 학교에서는 딱
한 번 말을 했다. 교수에게 잡혀 수업을 들은 날이었다.
전후 맥락은 기억나지 않지만 사람들은 고향chez
soi에 대해 말하고 있었다. 봄의 햇볕이 스며드는
강의실에서 이 단어를 들었던 때에는 고향이라는 두
글자가 떠올랐으나, 평이하게 풀자면 '집'이라고 자주
쓰인다. '집'이라는 단어도 여러 방식으로 쓰이지만 이
단어chez는 흔히 가장 먼저 떠올릴, 그러니까 주소를
갖춘 물리적인 공간을 쉽게 연상시킨다. 그런데 꼭
그렇게만 쓰이지 않는다. '우리네는 이런 식으로 한다'

어린이가 '⊗⊗네 집에 갈래' 할 때 쓰는 '-네'라고도 할 수
있는, 보다 관념적인 단어이기도 하다. 이따 피자 먹고 집
가자고 할까…… 하면서 흐리멍덩한 눈으로 부르라렌에
어서 가고 싶다고 하염없이 생각하다가 "민은 할 말
없니?" 하는 질문이 들리면 없다고 빙긋 웃기를 여러 번,
결국에는 한마디 해야 했었다. 대충 아무도 모를 서울시
마포구 성산동에 대해 이국적으로 조금 주워섬기면
되었을 것을 그날 나는 겁 없게도 프랑스인들이 둘러싼
앞에서 프랑스어가 나의 집chez moi이라고 말하게 된다.

프랑스어를 완벽하게 한다는 뜻에서 한 말은 아니다.
고향이라고 느낄 곳이 어디냐는 질문에 어디에서
나고 자랐다고 설명할 수도 있겠지만 이 단어chez는
콘크리트나 유리보다는 보다 액체 같은 단어다. 그래서
몸속에서 언제든 꺼내어 쓸 수 있는 물질로 답했다.
그러니 연인의 몸 혹은 연인과 몸으로 나누는 물질을 집
혹은 고향 혹은 누구네 하는 푯말을 달 수 있는 공간으로
삼을 수도 있다. 그런 경우라면 달팽이가 된 듯 혹은
살림을 실은 배 위에 탄 듯 집이 그립지 않으면서도
끊임없이 다른 풍경 위에 설 수 있겠다. 이 모든 사실을
Tu es ma ménage, 하고 어설프게 배운 상대의 집을
가지고서 함축적으로 표현할 수도 있다.[사실 저 문장은
너는 나의 가게야, 가 된다. 레즈비어니즘의 본질은 잘

짚었지만 낭만과는 조금 거리가 있다.] 한국어가 내
모와 조모가 나에게 물려준 국적과 관련 있다는 사실과
나의 본질 혹은 내 것이라고 느끼는 언어를 내가 임의로
결정한 사건은 충돌을 일으킬 법하다가 스르르 서로를
비껴 각자 똬리를 튼다.

　그래서 말했다. 저는 제 집이 프랑스어라고
생각합니다. 프랑스어가 저의 레즈비언 자아를
끄집어내주거든요. 프랑스어를 한창 많이 사용하던
때에 레즈비언이 되어서이기도 할 테고, 이 말이 나오는
위치가……

모든 이야기가 끝난 이후 다시 갔던 파리. 부르라렌의
집은 학원 수강생들이 한국을 더 쉽게 떠날 수 있는
통로가 될까 싶어 놔두고 왔고 한 명 혹은 두 명이 매달
'한 달 유학'이라는 이름으로 한 달씩 그 집을 쓴다.
시월의 유학생과는 친구가 파티가 있다고 데려간
유람선에 같이 갔다. 레즈비언과 그 언저리의 사람들이
백 명쯤 타 있었다. 갑판 위로 올라가 바깥을 구경하는
동안 그는 내 친구들과 이야기를 하고 있었다. "파리에,
얼마나, 있어?Tu restes, pendant combien de temps, à Paris?
……있어pendant?" "아! 한 달un mois." 대리자 없는 직접

말하기의 광경, 대화자들 사이에서 느릿느릿 그러나
전구처럼 켜지는 양(+)의 정서. 매개 없이 이해하는
기쁨을 알려드립니다, 프랑스어 공부를 스스로
책임지도록 도와드립니다, 하는 소개문을 장난스럽게
적으면서 만들기 시작한 학원이 여름내 밀었던 홍보
문구가 전구를 잔뜩 단 전광판에서 반짝인다.

　　그리고 다음 해 겨울. 여러분, 이번 한 달 유학 간 두
분이 세 시간 뒤에 아델 에넬이 페미니즘 강연하는 거
보러 간대요. 가서 한마디 잘할 수 있게 연습해봅시다.
"'소리 내어 아델 읽기'에서 시작한 학원에서 불어
배워서 왔다고는 뭐라고 해야 돼요?" "사인받아 올게요."
강연장인 파리 8대학으로 향하는 이들의 뒤로는
국경이나 지리와는 무관한 터널이 나 있다.

주

1   거트루드 스타인의 시 "Sacred Emily" 중에서.
2   에이드리언 리치의 사랑 시 "The Floating
    Poem, Unnumbered" 중에서.
3   엘리자베스 배럿 브라우닝의 『Aurora Leigh』
    중에서, 마리아 포포바 『진리의 발견』(다른,
    2020)에서 재인용.
4   '목수정이 만난 파리의 생활 좌파'⑧ "삶의
    즐거움은 배 아래로부터 온다" 『오마이뉴스』,
    2014.04.08.

후기

반짝 하고 솟아올라 책으로 만들어야 한다고 여기는
글들이 삼 넌째 쌓인 채였다. 온라인 연재도 했으니
글쓰기를 쉰 적은 없었다. 연재를 하면서는 새로운
방식이 시대에도 내게도 잘 맞는다고 느꼈고 책을 더
쓰지 않아도 좋다고 생각했었다. 이번에 다시 흰 평면을
입체적인 구조물로 만들어나가며 스스로 만든 난관으로
끙끙 앓았지만, 결국은 형체를 만들어냄으로써 고비를
넘어가며 한숨 돌리는 일을 또 함에 막상 안도하게
된다. 이 글에서 가장 앞선 시점은 공교롭게도 '기억에
남는 순간부터 여자들과 살고 싶었다'는 『피리 부는
여자들』의 원고를 탈고한 직후인 2020년 2월이다.

글에서 수업으로, 수업 이후 편지로, 편지를 마무리 짓고
들어간 셰어하우스에서 논문으로, 프랑스로, 한국으로,
다시 프랑스로, 또 한국에서 바삐 움직이는 동안에도
이야기의 시간은 가지 않았다. 빈 화면을 켤 때만 해도
어디서부터 시작해야 할지 전혀 몰랐던 이야기가 계류한
배처럼 정확한 정박지로 나를 끌고 데려가는 경험은
언제 겪어도 신비롭다.

배에는 먼지가 쌓여 있었다. 먼지를 털 수 있었던 건
전적으로 번역가 서제인 덕분이다. 서제인은 나의 멋진
스승이자 친근한 동료였는데, 이번에 먼저 글을 쓰라고
제안해주었다. 마침 내게는 언젠가 쓰고 싶어 제목까지
붙여두었지만 마찬가지로 책이 되기는 요원했던 글이
있었다. 연습실이라 이름 붙인 프랑스어 수업 공간에서
그의 메일을 읽는 중에, 용에 가까운 흰 뱀의 옆면이
연습실 바닥으로부터 하늘로 날아가는 모습을 보았다.
그는 며칠 뒤 맥주를 마셔달라는 내 부름에 흔쾌히
나와주었고, 피처를 두 통 마시는 내내 얼른 글을 쓰라고
타박만 했다. 라이터도 못 쓰면서 연신 불을 붙여달라고
조르던 예외적인 상태의 나를 나무라지 않고, 동시에
깔깔 웃으며 타박을 멈추지 않던 그 덕분에 시작할 수
있었다.

자주 곁에 있어준 또 다른 동료 지영에게도

후기

고마움을 전한다. 어떻게 시작하게 될지 알 수 없었던 이 글은 공교롭게도 지영이 끓여준 라면을 얻어먹는 장면으로부터 시작하게 되었다. 그 셰어하우스가 사라지고 각자 집을 옮기면서 우리가 만나는 시간은 부쩍 뜸해졌는데 이 글을 구상할 무렵부터는 또다시 아주 잦아졌다. 삼킬 수도 뱉을 수도 없는 마음을 이끌고 한밤중에 성산동 부근을 한 바퀴 도는 시간들은 아무 쓸모도 맥락도 없이 머리를 꼿꼿이 들고 무언가를 외치는 일을 또 하게 했다. 지영과 나는 이 시간을 뱀타임이라고 부른다.

사주상으로 그와 나의 일주가 뱀이기 때문이다. 제목 Le serpent qui mord la queue는 사실은 나의 일주와 가장 관련이 있다. 이 제목은 Le serpent qui se mord la queue라고 교정되기 쉽다. 프랑스어에 후자로 쓰이는 속담이 존재하기 때문이다. 속에서 이는 천불이 파리의 어느 광장을 태우고 지나가는 장면이 눈앞에 선명하게 보였던 어떤 날, 나의 이 신작이 '어느 외국인의 문법 실수'라 여겨질 이 제목을 달고 파리 서점에 놓인 것을, 지나치는 모두의 눈으로 교정을 당한다 하더라도 그 모습 그대로 씩 웃으면서 버티는 모습을 상상하며 견딘 나날이 있었다. 그 장면이 정말로 실현되기까지는 얼마나 걸릴지 모르겠지만, 우선 쥐고 갔던 이론의

전제는 성산동에서 한국 여성들이 서로를 바라보고
언어를 기르는 프랑스어 학원의 형태가 되어 있다.
문장을 논문으로 만들어 얻고 싶었던 것이 결국에는
그런 물질성이었다.

   언어가 좋은 이유는 몸으로 만들어내는 물질이기
때문이다. 눈에 보이지 않으면서 분명하게 존재한다.
녹화, 녹음, 기록되지 않았다고 하더라도 경험한
이상 부정할 수 없을 만큼 그 존재감은 뚜렷하다.
한창 언어를 배우는 걸 좋아하던 때에는 늘 입에서
방울방울 굴리는 단어가 하나씩은 있었다. 그 버릇이
글을 쓰며 아주 오랜만에 찾아왔다. 요즘 들어서는
Litote를 되뇐다. 완서법이라는 뜻이다. 앞서 사전에
대해서 이야기하기 위해 필사해둔 문단 가운데 처음
보는 한 단어였는데, 걸어 다니는 동안 혀가 입천장을
서로 다른 방식으로 세 번 건드리며 공기를 터뜨리는
일을 가끔씩 반복하곤 한다. 단어는 물론이고 말하지
않음으로써 전하고자 하는 말하기의 존재 자체에
대해서 알게 된 지가 얼마 되지 않았다. 공교롭게도 이
책은 사랑으로 만들어졌으나 사랑에 대해서는 말하지
않는다, 고 완서법을 끝내 취하지 않는 게 아무래도
내 말하기의 방식인 듯하다. 어떤 부분이 빠져 있는
건 말하지 않음으로써 더 잘 전달하는 새로운 시도를

해보기 위해서라기보다도 나는 내가 써야 하는 부분까지 쓰겠다는 스스로 한 약속을 지키기 위해서였다.

　이 책을 프랑스어로 출간하는 공상이 착상의 토대였던 만큼 작업을 하면서는 프랑스어와 한국어를 섞어 쓰고 마지막에 한국어로 정리했다. 특히 처음에 한국어로 쓰고, 다음날 프랑스어로 어제 진행한 부분을 말하는 동안 녹음하고, 그때의 이야기를 한국어로 다시 덮어쓰는 식으로 쓰기도 여러 번 했다. 집을 내어주고, 뜬금없는 이야기들을 들어주고, 녹음하지 못한 부분은 나를 따라, 내가 쓴 단어들을 최대한 살려서 녹음해 보내달라는 요청에 응해준 리아와 자스민에게 감사를 전한다. 그러면 전날 쓴 글보다 조금 더 윤기 나는 글이 나왔다. 번역도 번역 아닌 것도 아닌 이 작업은 그러고 보면 처음 작가가 될 때 했던 작업의 방식과 똑같다. 그해에는 통번역대학원 입시를 치르는 중이어서 머릿속에 한국어보다 프랑스어가 더 많이 활성화되어 있었다. 닥치는 대로 잡고 나가느라 두 언어를 되는 대로 섞어 휘갈기고 한국어로 정리해나갔던 그 이야기는 몇 년째 하지 못한 채인데, 서제인의 제안을 받은 뒤로 용기를 내면서 서랍 속에 넣어둔 메모 뭉치를 드디어 책상에 꺼내두었으니 언젠가 하게 된다면 좋겠다. 태어나 처음으로 일기 외에 원고가 될 만한 글들을 휘갈겨 쓴, 그러나 메모 뭉치에 멈추었던 그 일련의 행위가 일어났던 게 마침 7년 전 오늘이다.[짜 맞춘 듯한 이런 쾌감은 아무짝에도 쓸모가 없지만 나를 살게 하는데, 언어를 배우면 이런 순간을 자주 접할 수 있었다.] 메모에는 나의 본성에 대한 발견이 담겨 있고, 책을 내고부터는 의미에 닿아서 움직이는 이상 외국어와 모국어가 그다지 다를 것 없고 모국어 체계 안에 있는 언어가 다 같지 않다고 외쳐왔다. 어떤 모국어는 모국어의 질서를 따르는 듯 보이지만 지배 질서를 거스르고, 그래서 누군가의 심기를 반드시 거스르거나 당연한 듯이 교정되기 때문이다. 언어를 배울 때 정확한/올바른correcte 표현을 찾는 일과 교정correction에 저항하는 움직임은 서로를 긴장시키나 꼭 모순되지는 않는다. 가부장제의 질서를 슬쩍 비껴가는 언어들이 예리하게 혹은 무심하게 교정될 때와 같이 취급될 이 제목에 담겨 있는 또 다른 단어인 꼬리la queue는 프랑스어 속어로 다른 뜻도 갖고 있다. 그럴 때 제목은 '제 꼬리를 문 뱀'이라는 프랑스 속담과 훨씬 동떨어지게 된다.

이성애를 할 수 없다는 불가능성은 레즈비언 존재를 규정하는 데 중요한 성분이다. 그렇다면 이성애를 불가능하게 만드는 사회적 상황은 레즈비언은

만들어내는 토대이리라는 주장을 하고 싶었고 여성 간의
관계가 언젠가는 끝나기 마련이라는 관점에 대항하고
싶어 석사 논문에 이렇게 썼다.

"나는 이 언어가 여성이 여성을 주된 청자이자 화자로
설정한 '우리'로 칭하게 하는 대화적 관계를 가능케 하며,
그 관계로부터 발생한 여성 간 경험이 기존의 이성애
구조가 허락한 범위를 넘어선다고 주장한다. (…) 여성
간의 대화적 관계가 분리를 예비하거나 다른 단계로
이행해야 하는 임시성을 내포하지 않은 생애의 온전한
종착지로 여겨질 수 있는 관점이 더욱 적극적으로
탐구되어야 한다."

이성애 구조를 초과하는 범위를 살피려 했던
박사과정을 중단하는 선언은 에너지가 완전히 닳기
전에 나왔으니 너무 섣부른 게 아닐까 하는 점을
비롯해 주변 친구들의 안타까움을 사기도 했다. 하지만
내가 박사 공부를 위해 떠날 때 마치 레즈비언이 되는
경로를 유일한 방식으로 상상하는 여성들—예를 들면
케이트 블란쳇과 같이 매력적인 여성이 강렬한 감정을
불러일으켜 심장을 강타해줄 사건을 기다리고, 그
불가항력에 투신하는—과 유사한 방식으로 기대한 것
같다는 발견이 중요하다고 생각한다.

처음 떠올린 그대로 프랑스에 이 책이 놓이는 날이

정말 올지도 모르겠다. 그런 날에는 두 걸음 지나쳤던 매대로 다시 돌아올 만큼 기민하면서 의심이 많을 사람도 있겠고 끝까지 읽고 나서 아하, 하고 성실하게 이 책을 맞아줄 사람도 있을 수 있다. 첫 번째 책이 나온 이후 여태까지 나의 독자들은 둘 다 해주었다. 그 행운에 나 역시 기민하고 성실히 답해야만 한다고 생각한다. 이번 작업을 계기로 그동안 언어가 더 이상 나를 할퀴지 않음에 그저 안도했었다고 고백하면서 사이에 쌓인 나태를 벗어보려 한다. 너는 빨리 글을 써야지, 채근하면서 내던 화딱지 그리고 글 같은 거 더 안 써도 된다고 나를 내버려두신 너그러움 덕분에 또 쓸 수 있었음에, 여기까지 읽어주신 모든 분께 깊이 감사드린다.

배의 바닥 같은 연습실에 둥글게 모여 앉아 몸에서 나는 소리를 함께 갈고 닦는 상상도 오래 했으니 상상과 현실은 그저 선후가 바뀐, 시차가 다르게 적용되는 문제일 뿐인 것만도 같다. 그렇다면 나의 상상대로 프랑스어로 자기를 더 편안하게 표현하는 사람들이 나올 수도 있다. 그들은 처음에는 프랑스어를 배웠지만 결국에는 그것으로 배우고자 했던 모든 것들을 계속해서 같이 배워갈지 모른다. 자신이 말을 익힌 방식 그대로 남을 가르칠 수도 있다. 더 멀리 가고, 그런데도 안전하고, 더 낮게 살아갈 수 있다. 프랑스어를 배우면서 알게 된 사이와 모여 덜 외롭게, 덜 지루하게, 끝까지. 다 한때인 거라고 씁쓸해하지 않으면서. 그러다 보면 이 모든 이야기가 전사에 지나지 않게 될지도 모른다. 오직 상상만이 삶이 된다고 적은 적이 있으니 전부 아직 일어나지만 않았지 존재하지 않는 건 아닐 것이다.

　슬쩍 언급한, 제목에 얽힌 미묘한 뉘앙스에 흥미를 느끼는 독자라면 우리 학원에 오신다면 즐거울 것이다. 누군가의 입에서 나와 귓속으로 들어가며 구불구불 이어지던 소리의 사슬을 줄자의 옆면으로 예리하게 끊어드린다.

2023년
프랑스와 한국 사이에서
이민경

꼬리를 문 뱀

Le serpent qui mord la queue

1판 1쇄 인쇄	2023년 3월 20일
1판 1쇄 발행	2023년 3월 31일

지은이	이민경
편집	이두루
디자인	우유니
홍보	김혜수

펴낸곳	봄알람
출판등록	2016년 7월 13일 2021-000006호
전자우편	we@baumealame.com
인스타그램	@baumealame
트위터	@baumealame
홈페이지	baumealame.com

ISBN	979-11-89623-18-0 (03800)